어제의 후에

어제의 후에 2

글쓰는기계 장편소설

초판 1쇄 찍은 날 | 2017년 2월 15일
초판 1쇄 펴낸 날 | 2017년 2월 22일

지은이 | 글쓰는기계
펴낸이 | 예경원

기획 | 위시북스
편집책임 | 박우진
편집 | 이즈플러스

펴낸곳 | 예원북스
등록번호 | 제396-2012-000132호
등록일자 | 2012. 7. 25
KFN | 제1-074호

주소 | 경기도 고양시 일산동구 호수로 646-24 위너스21 II 빌딩 206A호 (우)10401
전화 | 031-819-9431 팩스 | 031-817-9432
E-mail | yewonbooks@naver.com

ISBN 979-11-6098-089-9 04810
979-11-6098-087-5 (set)

※ 이 도서의 국립중앙도서관 출판시도서목록(CIP)은 서지정보유통지원시스템 홈페이지(http://seoji.nl.go.kr)와 국가자료공동목록시스템(http://www.nl.go.kr/kolisnet)에서 이용하실 수 있습니다.

WISHBOOKS MODERN FANTASY STORY
글쓰는기계 장편소설
이계의 후예
2
Wish Books

이계의 후예

CONTENTS

8장
캘커타 정글 지대에서 일어난 일(1)

돌아오는 데에는 별다른 문제가 없었다. 귀환을 우선으로 한 수현은 위험하다 싶으면 먼저 피해서 움직였다.

덕분에 사냥하기 위해 움직였을 때보다는 훨씬 수월하게 돌아올 수 있었다.

도시에 도착하자마자 둘이 가장 먼저 찾은 곳은 트롤 피 유통업자였다. 트롤 피는 언제나 수요가 공급보다 많은 상품이었고, 트롤 사냥꾼에게 피를 사려는 상인은 수두룩했다.

"오오……!"

"얼마 주실 겁니까?"

"이 정도 질이라면, 저 양까지 전부 합해서……. 리터당 120 어떤가?"

"다른 곳 갑시다."

"어? 잠, 잠깐만! 흥정을 하자고! 흥정을!"

"사냥꾼보다 많은 게 상인인데 뭐하러. 개수작은 사람 골라서 부리십쇼."

수현은 상인이 제안하자마자 바로 칼같이 자르고 자리에서 일어섰다. 상인이 그 혼자만 있는 게 아닌데 굳이 자리에 앉아서 협상을 할 이유가 없었다. 김창식은 그걸 보고 속삭였다.

"저 상인이 그렇게 무리한 제안을 한 거냐?"

"그렇죠. 보통 트롤 피는 질에 따라 가격이 많이 달라지는데, 저희는 약물도 쓰지 않은 데다가 불도 쓰지 않고 잡았습니다. 질만 따진다면 거의 최상급. 최상급에 120이면 호구로 보는 거죠."

맨발로 쫓아오는 상인을 매정하게 뿌리치며, 수현은 다른 유통업자를 찾았다. 방금 수현이 무슨 행동을 했는지 본 유통업자들은 긴장한 기색을 보였다.

어지간히 갖고 있는 물건에 자신감이 있는지 조금이라고 후려치려고 하면 협상 자체를 파탄 내려고 하고 있었다.

'좋군.'

수현은 속으로 만족했다. 다른 사람들 보라고 대놓고 전시한 효과가 있었다. 굳이 쓸데없이 신경전을 벌여 시간을 낭비하고 싶지 않았다.

"내가 좋은 생각이 하나 떠올랐는데. 해봐도 되냐?"

"……?"

수현은 김창식의 말에 이해가 가지 않아 그를 쳐다보았다.

"좋은 생각이요?"

"그래. 더 비싸게 팔 수 있을지도 모르는 방법이야."

"그래요? 한 번 해보세요."

"아, 아. 질 좋은 트롤 피! 150부터 시작!"

"……?!"

김창식의 고함에 수현과 상인들의 표정이 급변했다. 트롤 피 유통업자가 모인 거리에서 저런 짓을 하는 놈은 이제까지 없었던 것이다.

"아무도 없습니까?! 방금 저쪽 분이 가격을 후려치다가 퇴짜를 당했습니다! 그 정도로 질이 좋은 트롤 피! 아무 때나 오는 게 아닙니다! 만약 품질을 확인해서 흠이 잡힌다면 거래를 물러드리겠습니다!"

"아니, 선배……."

"160!"

"……?!"

한동안 괜찮은 트롤 피를 얻지 못해 고객들한테 신뢰를 잃고 있는 상인이 체면도 상관하지 않고 외쳤다. 다른 이들의 눈총을 받더라도 일단 피를 확보해야 했다.

그러나 그는 알지 못했다. 한 번 시작이 어렵지, 시작하면 기세를 멈출 수 없는 게 경매라는 것을.

"165!"

"170!"

"171!"

"에에이! 200!"

"저, 저 미친놈!"

"야! 상도덕도 없냐?!"

"언제 피 한 방울 나눠줬다고 상도덕이야?!"

"내버려 둬! 저 멍청한 놈. 저러다가 순도 낮게 나와서 눈물 좀 흘려봐야 정신을 차리지."

그 말에 상인도 움찔했다. 확실히 이런 투자를 했는데 순도가 낮게 나온다면 보통 손해가 아닌 것이다.

'그래도 흠이 잡히면 거래를 무른다고 했으니…….'

사냥꾼 중에서 험악한 놈이 많다고 해도 이런 곳에서 대놓고 행패를 부리지는 못할 것이다. 그게 그나마 믿는 구석이었다.

"200에 낙찰! 저 상인분이 사게 되었습니다!"

수현은 어이가 없다는 표정으로 박수를 쳤다. 이런 식으로 대놓고 할 줄은 상상도 못 했다.

보통 트롤 피는 유통업자들의 암묵적인 담합으로 인해 경매가 아닌 상인 개개인에게 찾아가서 묻는 식으로 판매되는 경우가 많았던 것이다.

"크흠. 그런데 제대로 확인 안 되면 거래는……."

"무슨 섭섭한 소리를. 목숨 걸고 잡아온 건데. 확인이나 해보세요!"

김창식은 자신감 넘치는 목소리로 외쳤다. 그 말에 상인은 미심쩍은 시선으로 혈액을 확인했다.

"수, 순도가……."

다른 상인들도 내색은 안 했지만 궁금해하는 기색이었다. 저렇게 퍼포먼스를 벌여댔으니 그 결과가 어떨지 궁금할 수 밖에 없었던 것이다.

대박일 것인가, 쪽박일 것인가? 그리고 쪽박이라면 저 사냥꾼들은 순순히 넘어갈 것인가?

"당장 거래하세!"

"!!!"

바로 김창식의 손을 잡고 흔드는 상인의 모습에서 다른 사람들은 그가 대박을 잡았다는 걸 깨달았다.

"2억이라니, 한 번 사냥하고서 2억……!"

"정확히 2억 아니잖습니까."

"반올림하면 2억이야!"

"돈에 너무 취하지 마십쇼. 대박 터뜨린 트롤 사냥꾼은 대체로 결말이 안 좋았어요."

"나도 알아. 걱정하지 마. 내가 너만큼은 아니어도 그 정도는 컨트롤할 줄 안단 말이지."

"저만큼요?"

"아, 아무것도 아냐."

수현 앞에서, 수현의 능력이 그보다 뛰어나다는 걸 대놓고 인정하는 건 역시 부끄러웠다. 김창식은 그렇게 말을 돌렸다.

"이번 사냥은 여러모로 운이 따라줬으니까 가능한 거지, 괜히 허파에 바람 찬 짓 하지 마시고……. 게다가 우리는 돈 쓸 일도 많잖습니까."

"안다니깐! 넌 왜 이렇게 내 꿈을 깨려고 하냐?"

김창식은 투덜거리면서 통장을 품속에 집어넣었다.

"그래도 한 가지는 확실하게 배웠다."

"……?"

"이 행성은 정말 기회의 땅이라는 걸 말이야. 지구와는 차원이 달라."

"위험도 차원이 다르죠."

"……."

김창식은 더 이상 수현한테 잔소리를 듣기 싫어 입을 다물었다. 대신 속으로 공상에 빠졌다. 돈을 모으고, 은퇴한 이후 이 주변에서 구한 멋진 저택에서 아름다운 아내와 사는 꿈.

그와 반대로, 수현은 복수를 생각하고 있었다. 이 시간에서는 아직 원수가 아니었지만, 그렇다고 원한이 사라지지는 않았다.

군 내에서 정보를 흘린 놈.

군 밖에서 정보를 받고 습격을 계획한 놈.

낭중지추라는 말이 있었다. 주머니 속의 송곳은 언젠가 튀어나오게 되어 있다. 그게 좋은 놈이든, 나쁜 놈이든 간에 말이다.

더 이상 스스로의 능력을 헐값에 팔아넘길 생각이 없었기에 군대 밖으로 나왔지만, 그렇다고 해서 사람의 습관이 한 순간에 바뀌는 건 아니었다.

수현은 여전히 수현이었다. 돈을 쓰는 데에서는 여전히 금욕적일 정도로 검소했다. 전생에서도 언제나 전투와 작전을 위해 돈을 썼지 그 외로는 쓴 적이 거의 없었다.

'돈은 돈이니까. 그 이상도, 이하도 아니지.'

회사 숙소로 발을 디딘 둘은 회사의 분위기가 어딘가 이상하다는 걸 깨달았다. 사무실로 올라가자 조승현이 흥분한 얼굴로 둘을 쳐다보았다.

"잘 돌아왔다! 안 그래도 찾으러 사람을 보내려고 했었는데. 그래서 뭘 하고 왔지?"

"적당히 적응을 좀 했죠. 앞으로 잘 해나가려면 역시 현지에 적응을 해야……."

"웃기는 소리 하고 있네. 네가 휴가 때 퍽이나 그러겠다. 또 뭐가 돈이 된다는 소리를 듣고 들어간 거겠지?"

김창식은 움찔했다. 조승현은 그의 생각을 완전히 읽고 있었던 것이다.

"보나 마나 실패했겠지! 괜히 김수현 끌고 다니면서 괴롭히지 마라."

조승현은 김창식이 수현을 꼬셔서 들어간 게 아닌가 하고 의심하고 있었다. 여기서 일하는 용병들은 허튼수작에 잘 넘어가지 않았다. 누군가를 데려가야 한다면 만만한 게 신입이었다.

'에이. 저놈이 같이 가는 줄 알았다면 그냥 말리는 건데 말이지.'

수현이 간단하게 답사만 하고 오는 줄 알았는데, 아예 김창식과 단둘이 조를 짜서 깊숙하게 들어갈 거라고는 예상치도 못했다. 만약의 경우에는 시체도 못 찾게 되는 것 아닌가.

김창식은 트롤을 잡았다고 말하려다가 입을 다물었다. 괜히 일확천금했다고 떠들어서 좋을 게 없었다. 수현이 말하면 모를까, 그가 나서서 말할 이유가 없다.

'좋은 건 혼자 챙겨야지.'

"그보다 무슨 일입니까? 분위기가 좀……."

"아. 지금 제안이 하나 들어왔거든. 그거 가지고 떠드는 중이다. 너희들도 잘 왔어. 의견을 이야기해 봐라. 특히 김수현이 너도."

"……?"

보통 어지간한 의뢰는 사장인 조승현이 판단을 내린 후 결정하기 마련이었다. 용병들까지 끼어들어서 찬성이냐 반대를 하는 경우는 드물었다.

"무슨 일인데요?"

"퍼슨사 알지? 저번에 우리가 해결한 의뢰를 준 곳. 거기서 문제가 생겼나봐."

카메론 행성에는 수많은 개발회사가 있다. 퍼슨사는 그중에서도 꽤나 의욕적으로 사업을 진행시키는 회사였다. 최근에 몇 개의 프로젝트를 동시에 성공시켰고, 그 동력으로 더 성장하려 하고 있었다.

그런 상황에서 수현과 다른 용병들이 확인해 준 정보는 좋은 먹이였다. 아직 미개발된 곳에 확인된 자원들. 당장 그곳으로 가서 확보를 해야 했다.

한 가지 문제만 제외한다면.

"캘커타 고릴라 때문입니까?"

"……?!"

안에 있던 사람들의 시선이 수현에게 쏠렸다.

"어떻게 알았냐? 오기 전에 들었어?"

"뭘 어떻게 압니까. 거기 개발하려고 우리 고용했던 사람이라면 다른 곳 고용할 능력이 충분히 있을 텐데, 그런데도 문제가 생기려면 캘커타 고릴라밖에 없죠."

"맞아. 정확해."

다시 한번 수현의 안목에 감탄하며, 조승현은 내색하지 않고 말을 이었다.

"사실 캘커타 고릴라를 처치하는 것도 우리가 의뢰를 마친 이후 이야기가 나왔었어. 그렇지만 캘커타 고릴라는 우리가 처리하기에는 좀 많이 위험한 놈이지. 그래서 나는 거절했고, 퍼슨사도 다른 용병을 찾았지. 캘커타 고릴라를 잡을 만한 팀으로 말이야."

'일이 꼬였나 보군.'

몬스터를 잡을 만한 팀이 구성된다고 언제나 몬스터를 잡을 수 있는 건 아니다. 카메론 행성은 변수가 너무 많았다. 몬스터를 잡기 위한 팀이 들어갔다가 전멸하는 건 심심찮게 일어난다.

"실패했답니까?"

"그러니까 우리한테 다시 연락이 왔겠지."

"이해가 잘 안 갑니다만……. 몬스터 사냥 실패야 있을 수 있는 일이지 않습니까? 그렇다고 우리를 다시 부른다는 게 이해가 안 되는데요."

"나도 알아. 원래라면 그러지 않을 것도 말이야. 문제는 이 캘커타 고릴라가 너무 교활하다는 거야. 이놈을 잡으러 들어간 용병들은 이놈이 그렇게 머리를 쓸 거라고는 생각지도 못한 거지. 보통 캘커타 고릴라가 그렇게 머리를 쓰는 놈은 아니잖아? 무작정 달려들지."

조승현의 설명을 들은 수현은 순간 등골이 오싹했다.

캘커타 고릴라는 그렇게 많이 보이는 놈이 아니다. 확인된 좌표 주변에, 보통 캘커타 고릴라와 달리 머리를 쓸 줄 아는 놈이라면…….

'날 쫓던 암컷 캘커타 고릴라인가?'

충분히 가능성이 있었다. 원래라면 밖으로 나오지 않겠지만 짝을 잃어버린 몬스터가 어떻게 변하는지는 확신할 수 없었다.

다른 놈일 수도 있지만 수현은 그놈 같았다. 느낌이 그랬다.

그런 식으로 끈질기고 머리를 굴릴 줄 아는 놈은 캘커타 고릴라 중에서도 많지 않을 테니까.

“에이. 몬스터가 교활해 봤자 아닙니까? 그래 봤자 힘이랑 덩치만 믿는 놈들인데, 사람이 작정하고 달려들면 이길 수가 없을 텐데요.”

“이놈이 또 멍청한 소리 하고 있네. 용병들이 어떻게 졌는지 알아? 파워 아머 세 대를 동원해서 들어갔는데도 졌단다!”

“……?!”

이건 수현도 놀랐다. 파워 아머 세 대라니. 캘커타 고릴라를 잡기에는 충분한 화력이었다.

게다가 저 정도로 동원이 가능하다면 분명 경험이 많은 대형 회사일 것이다. 어설프게 사냥했을 가능성은 없었다.

그렇다면 캘커타 고릴라가 그 경험 많은 용병들마저 속일 정도로 상식에 벗어난 움직임을 보였다는 말이 되었다.

‘하긴, 캘커타 고릴라가 원래 좀 직선적으로 덤벼들긴 하지.’

“어떻게 졌는지는 말 안 해줬습니까?”

"자세한 건 말해주기를 꺼리더라. 그것도 정보니까. 참여하면 말해주겠다고 하는데……. 대충 들어보니 몬스터한테 몰려서 각개격파 당했다는 거 같아."

"……."

수현은 전율을 느꼈다. 조승현은 제대로 파악하지 못한 모양이었지만, 수현은 어떤 일이 일어났는지 바로 파악했다.

몬스터 주제에 정말로 함정을 판 것이다.

몬스터가 서로 협력했을 리는 없다. 공동의 적이 있다고 해서 명령이나 협조 같은 건 바랄 수 없었다. 그러나 다른 적이 있는 곳으로 몬스터를 몰아넣을 수는 있었다.

캘커타 고릴라는 지형을 이용해 몬스터를 침입자를 향해 몰아넣은 후, 한 번에 한 대씩 맞붙은 게 분명했다.

수현이라면 파워 아머 하나만으로도 캘커타 고릴라를 처리할 수 있지만 그 정도 되는 파일럿이 흔한 건 아니다. 아무리 경험이 많은 용병이어도 그런 건 기대할 수 없었다.

그렇게 해서 각개격파.

파워 아머가 세 대나 있었으니 전멸이야 하지 않았겠지만 망가지고 부서지기 시작하면 더 이상 싸우는 건 무리였다. 아마 그때쯤 후퇴를 시작했을 것이다.

'이거 진짜 대단한 놈인 거 같은데.'

아무리 암컷이 수컷보다 지능이 높다고 하더라도, 이 정도로 머리를 쓸 줄 아는 놈은 수현도 본 적이 드물었다. 아마 유난히 지능이 높은 놈이 분명했다.

그리고 그 정도로 지능이 높다면…….

놈은 수현을 기억하고 있을 게 분명했다.

'설마 인간을 노리고 있는 게 나 때문은 아니겠지.'

"근데 그렇게 해서도 못 잡았다는데, 왜 우리를 불러요? 우리는 기껏해야 한 팀 단위로 움직이는 놈들인데."

엉클 조 컴퍼니는 새로 시작한, 작은 규모로 움직이는 용병 회사에 불과하다. 쟁쟁한 용병 회사들이 뛰어들었다가 실패한 일에 그들을 부를 이유는 없었다.

김창식의 질문에 조승현은 고개를 끄덕였다.

"내가 생각하기에는 몇 가지 이유가 있다. 일단 첫 번째로 우리가 그 지역에서 캘커타 고릴라를 발견하고 살아 돌아왔다는 것. 그것 때문에 우리가 놈을 어떻게 상대하는지, 그게 아니더라도 최소한 놈을 어떻게 피하는지는 알고 있을 거라고 생각하는 게 분명해."

카메론 행성은 넓고, 안에 있는 몬스터는 많았다. 정보가 알려지지 않은 몬스터는 수두룩했다. 작은 용병 회사라고 해도 특정 몬스터 하나를 상대하는 요령에 대해서는 알고 있을 수도 있었다.

그런 건 결국 몬스터와 상대하고서 살아남은 사람들 덕분에 쌓이는 정보였으니까.

"엥? 그런 노하우 없잖아요. 우리가 어떻게 튀었는지 들었으면서! 수현이 없었으면 우리 다 죽었어요."

"나도 알아! 그래서 확답 안 했잖아!"

"만약 그쪽이 그런 걸 기대하고 있는데, 나중에 그런 게 사실 없었다는 걸 알게 되면 어떡합니까?"

"어떡하긴 뭘 어떡해? 난 있다고 한 적 한 번도 없어. 자기들이 멋대로 생각한 거지. 그걸 왜 책임을 물어?"

"와…… 사장님 또 본색 나오신다."

"본색은 무슨! 이건 사기가 아니야! 이런 건 속는 놈들이 바보인 거지. 저놈들이 만약 떳떳하다면 왜 공식적으로 말을 안 했겠어? '캘커타 고릴라를 상대하는 노하우가 있다면 공유를 해주십시오' 하고?"

답은 간단했다. 그런 정보는 그 자체로 가치가 있기 때문이다. 그런 노하우가 있고, 그런 걸 얻으려고 공식적으로 말을 꺼낸다면 최소한 그에 걸맞은 대가를 내야 한다.

그러나 협조를 요청하고, 같이 활동하면서 곁눈질로 배운다면 훨씬 간편하게 얻어낼 수 있었다. 얼핏 보면 비겁해 보이지만 다른 이들과 같이 일하면서 서로 배우는 것도 일종의 관습이었다.

"날로 먹으려다가 체하는 놈이 잘못한 거지. 그리고 앞서 가지 마. 난 아직 확답 안 했으니까."

"두 번째 이유는 뭡니까?"

"우리가 가진 파워 아머 때문이겠지. 캘커타 고릴라는 숫자보다는 하나하나의 화력이 중요하니까."

엉클 조 컴퍼니보다 사람 규모가 큰 회사는 셀 수도 없이 많지만 그들 모두가 파워 아머를 가지고 있는 건 아니었다. 민간용이라고 해도 연줄이 없으면 구할 수 없는 것이다.

"다른 이유가 더 있을지도 모르지만, 내가 생각하기에는 대충 이 정도다."

캘커타 고릴라를 상대하기 위한 정보와, 확보하고 있는 파워 아머. 협력을 요청하기에는 적당한 이유였다. 물론 전자는 수현을 제외하면 정보가 없는 거나 다름없었고, 후자는 언제 터질지 모르는 시한폭탄이었지만.

"알다시피 나는 너희들을 데려올 때 모두 잘 먹고 잘살게 해주겠다고 데려왔지, 죽을 자리에 데려오겠다고 하지는 않았다. 어지간하면 내가 알아서 결정했겠지만, 이건 혼자서 결정하기가 좀 그렇더라. 그래서 다른 애들한테 전부 말했다. 목숨 걸린 일이니까 신중히 고민해서 결정하라고. 반대 많으면 안 한다. 억지로 끌고 가봤자 문제나 생기겠지."

말하던 조승현은 수현이 손을 들어 올린 걸 보고 물었다.

"학교 왔냐? 왜 손을 든 거야?"

"뭘 준답니까?"

"어?"

"저런 걸 시키려면 최소한 뭔가 대단한 걸 줄 거 아닙니까. 한 번 실패했는데 같이 가는 거라면 목숨 걸고 가는 건데."

김창식과 조승현은 캘커타 고릴라를 상대하는 것에 대해 생각하고 있었다. 만약 놈을 상대하게 되면 어느 정도의 각오를 해야 할지, 어떻게 싸워야 할지……. 그것만으로도 마음이 무거워졌다.

그러나 수현은 그런 걸 들으면서 무슨 보상이 오는지부터 생각하고 있었던 것이다.

'이놈은 무슨 간덩어리가…….'

"그러게? 뭐 준답니까?"

"보상이 중요하냐? 위험부터 생각해 봐야지. 보상은 당연히 좋아. 너희들한테 돌아갈 현금도 현금이지만 우리가 확인한 지역 주변에서 있을 차후 작전에 대한 우선권도 우리한테 양보해 준다고 하더군."

지속적으로 그 주변에서 일이 나온다는 말이나 마찬가지였다. 안정적인 일거리는 어느 회사나 좋아하는 일이었다.

"그건 좀 세지 않습니까? 다른 회사들도 낀 일 같은데, 그런 걸 덥석 받아도 감당할 수 있겠습니까?"

"너 대체 뭐하다 왔길래 그런 걸 걱정……. 아니다. 됐다. 감당이야 할 수 있으니까 그건 걱정하지 마라. 다른 회사는 활동하는 영역이 전혀 다르다는 걸 이미 확인 끝냈으니까. 우리 규모가 조금 작은 게 문제긴 하지만, 저게 확정되면 인원이야 금세 늘릴 수 있다. 용병하겠다는 놈들이 줄을 선 게 여기니까."

확실히 맞는 말이었다. 적당한 일자리를 찾는 게 힘드니 문제였지, 그걸 하겠다고 나서는 사람은 많고 많았다. 카메론 행성에서 가장 찾기 쉬운 자원은 사람이라는 게 완전히 농담은 아니었다.

"그러면 이제 다른 놈들하고 이야기를 해보라고. 이런 건 급하게 결정하면 안 되니까 말이지."

"이건 기회라니까? 야, 한 번 크게 기회가 왔을 때 잡아야지, 못 잡으면 휘청거려. 사장님 인맥이 있다지만 이 주변에서 용병 회사가 한둘이겠어? 최대한 빨리 회사 이름을 알리고 안정적인 위치를 잡지 못하면 우리나 회사나 서로 피곤해진다고."

"그건 알겠는데 왜 하필 그 캘커타 고릴라냐고. 너 그때

오줌 싸면서 도망친 건 기억 못 하냐?"

"오줌 싸기는 누가! 헛소리하지 마!"

"추하게 싸운다. 추하게 싸워."

"아. 돌아왔구나."

"잘 갔다 왔냐?"

떠들던 대원들은 수현과 김창식이 들어오는 걸 보고 반갑게 맞이했다. 김창식이야 그렇다 치더라도 수현을 대하는 대원들의 태도는 유난히 살가웠다.

그들 모두가 알고 있는 것이다. 저번 임무에서 수현이 없었다면 전부 죽었을 거라는 걸.

거기에 수현이 오만하거나 건방지게 구는 사람도 아니었다. 예의 바르게 행동하면서, 맡은 것보다 더 큰 책임을 보여주는 사람을 싫어하는 사람은 없었다.

"그보다 무슨 소리야? 누가 오줌을 쌌다고?"

"아니라니까! 이 새끼가 자꾸 헛소리를 퍼뜨리는 거야. 지가 쌀 뻔했으니까 쪽팔려 가지고……."

"시끄럽고."

대화를 끊은 건 박수용이었다. 그는 진지한 표정으로 구석에 앉아 있었다.

"이번 일을 할지 안 할지 결정하러 모인 거니까 쓸데없는 소리는 하지 말자. 너희들 오줌 쌌는지 안 쌌는지 궁금해서

온 거 아니니까."

"저 형은 또 저런다."

"분위기 그만 잡아요. 좀."

"뭐, 뭐? 이것들이……."

"김수현 대원은 어떻게 생각합니까?"

이소희의 말에 모두의 시선이 수현에게 쏠렸다. 여기에서 캘커타 고릴라와 가장 가깝게 붙은 건 수현이었다. 물론 그들은 수현이 이미 한 마리를 잡았고, 지금 돌아다니는 건 그의 짝이라는 걸 모르고 있었지만.

"그러게. 넌 어떻게 생각하냐?"

"흠……."

수현이 말끝을 흐리자 모두가 궁금하다는 듯이 그를 쳐다보았다.

"괜찮은 기회긴 하죠."

"거 봐!"

"뭘 거 봐야 자식아. 괜찮다고 했지 한다고 했냐? 사람 말은 끝까지 들어야지!"

"괜찮은 기회란 건 모두가 안다. 근데 그놈을 직접 상대하러 가면서까지 잡아야 할 정도로 절박한 기회인 건가?"

"절박하지는 않은데, 놓치기에는 좀 많이 아쉽죠."

카메론 행성에 진출한 4개 국가의 군대가 지속적인 손실로 인해 개발과 탐험을 멈춘 것은 꽤 오래전의 일이었다.

각국의 군대는 도시 주변의 치안을 지키는 용도로 변해 버렸다. 물론 대외적으로 그렇게 되어 있다는 거지, 물밑에서는 국가 개발로 자원을 선점하기 위해 치열하게 다투는 게 일상이었다.

그 개발과 탐험에 대한 대안이 바로 용병이었다. 가서 탐험하다가 죽어도 아무도 항의하지 않는 훌륭한 전투원. 그들은 단순히 개발 회사뿐만이 아닌 국가 차원에서도 귀중한 전력이었다.

국가 단위로 확보할 필요가 있는 자원이 있는데, 군대를 투입하는 건 무리인 상황. 그런 상황에서도 용병은 쓸 수 있었다. 몇몇 용병 회사가 특정 국가와 밀접한 관계를 맺고 특혜를 받는 건 공공연한 일이었다.

카메론 행성에서 실적이 뛰어나고 명성이 높은 용병이 된다는 건 그런 걸 의미했다. 어느 곳에서나 필요한 일이 있으면 찾게 되는 해결사. 그런 용병들은 존재 자체만으로도 권력이나 다름없었다.

"원래 후발주자는 여러모로 힘들잖습니까. 캘커타 고릴라 같은 기회가 흔하게 오는 건 아니죠. 위험하긴 한데, 원래 이런 기회도 그렇게 쉽게 오는 건 아니니까요."

카메론 행성에서 일하는 용병 사이에서는 명성이 중요했

지만 그렇다고 쌓기 쉬운 건 아니었다.

단기간에 바로 명성을 쌓으려면 그만큼 위험한 일을 해야 하는데, 당연히 그런 짓을 하려는 사람은 거의 없었다.

그런 면에서 이번 캘커타 고릴라 같은 기회는 꽤나 좋은 기회였다.

일단 대형 용병 회사들이 덤벼들었다가 한 번 실패를 겪었다는 점이 있었다. 그런 만큼 해결해 낸다면 그에 대한 반대급부로 이름값이 올라갈 것이다.

두 번째로 지원이 있었다. 이번 일은 전적으로 그들끼리 해결해야 하는 일이 아니었다. 하게 된다면 파워 아머를 가지고 있는 다른 용병 회사들과 합작해서 하게 될 것이다.

비교적 안전하고 거기에 얻을 수 있는 건 큰 상황. 놓치기에는 좀 많이 아쉬운 기회였다.

"그러면 넌 하고 싶다는 건가?"

"의견을 물어보면 전 찬성입니다. 위험이야 있지만 그렇게까지 위험할 것 같지는 않아요. 이번이 두 번째니 첫 번째처럼 각개격파 당하지도 않겠죠."

"진짜로? 야, 넌 그놈한테 죽을 뻔했는데 다시 잡으러 갈 생각이 드냐? 난 멀리서 봤는데도 다시는 보고 싶지 않더구만."

"당했으니 갚아줘야지! 네 팬티의 원한도 같이 갚아주

라고."

"너 이 새끼……. 자꾸 헛소리할래?"

다시 말다툼이 시작됐지만 아까와는 분위기가 달랐다. 수현의 말에 이번 일을 탐탁지 않게 생각하고 있던 대원들도 흔들리기 시작한 것이다.

가장 가까운 곳에서 대면하고 살아 나온 사람이 할 만하다는데 그들이 반대하기는 뭐했다.

"으음. 그러면 나도 찬성."

"나도."

"고르간, 너는?"

"나는 싸움을 피하지 않는다."

입을 다물고 있던 고르간은 그렇게 대답했다. 간접적으로 찬성한다는 의미였다.

"젠장. 그래! 나도 찬성한다!"

"수용이 형은요?"

"나도…… 찬성으로."

"그러면 대충 결정 났네."

모인 용병들은 고개를 끄덕였다. 그들은 다른 회사의 팀과 힘을 합쳐서 캘커타 고릴라를 쓰러뜨리기 위해 안으로 들어가게 될 것이다.

—우리와 같이 합을 맞추게 될 회사는 두 회사다. 하나는 진돗개, 하나는 코드 그린. 둘 다 꽤나 덩치가 있는 회사지.

몇몇 대형 용병 회사의 이름 정도는 수현도 알고 있었다. 그러나 그렇게 자세하게 알고 있지는 못했다. 수현은 언제나 타국의 특수부대를 먼저 신경 써야 했기 때문에, 용병 중에서는 몇몇 이름을 날린 팀 정도만 자세히 알고 있었다.

'어디서 들어본 거 같기는 한데.'

—진돗개에서는 파워 아머 두 대. 코드 그린에서는 한 대. 우리 측에서 한 대. 총 네 대로 진행된다. 이러는데도 못 잡으면 쪽팔리니까 얼굴 들고 다니지 말자고.

조승현은 낙관주의자가 아니었다. 한 회사의 팀으로만 작전을 진행해도 트러블이 생기는데, 여러 회사의 팀이 모여서 작전을 진행하면 더 말할 것도 없었다.

—성질 죽이고, 어지간하면 맞춰줘라. 무슨 소리인지 알지?

—예!

—지휘는 진돗개 측에서 하게 될 거다. 거기가 주축이거든.

저번 작전에서 파워 아머도 꽤나 망가졌다고 들었는데, 다시 두 대를 바로 투입할 정도면 이미 이들은 여기에 꽤나 많은 것을 걸었다고 봐도 좋았다. 그 정도 주장은 당연한 일이었다.

"이거, 반갑습니다. 진돗개 2팀 팀장인 최재호입니다."

"오병환. 코드 그린 1팀 팀장입니다."

"잘 부탁드리겠습니다. 엉클 조 컴퍼니 1팀 팀장 이소희입니다."

"우리는 2팀 없지 않냐?"

"시끄러. 말은 저렇게 해야 안 밀리지. 다들 자기 회사 크다고 자랑하는데 혼자 그런 거 없다고 하면 우리 팀장이 얼마나 쓸쓸하겠어."

팀장들의 대화를 들으며 엉클 조 컴퍼니의 용병들이 중얼거렸다.

수현은 진돗개 측의 용병들을 훑어보았다. 확실히 대형 회사의 용병이라는 느낌이 왔다. 비싸고 좋은 장비에, 표정에는 숨길 수 없는 자부심이 느껴졌다.

'같이 일하게 됐지만 우리는 너희와 비교할 수 없을 정도로 최고다'라는 자부심이. 저런 걸 가지는 건 좋지만, 밖으로 표시하면 그때부터 재수가 없어지기 시작했다.

코드 그린 측 용병도 장비가 꽤나 좋은 편이었다. 진돗개와 달리 장비를 전부 한 회사의 물건으로 통일시켰다는 점이 특이했다. 군대나 저러지 용병은 보통 저런 규칙을 지키지 않기 때문이었다.

'진돗개는 2팀 팀장을 보냈고, 코드 그린은 1팀 팀장을 보냈나.'

이것만으로도 어디 회사가 더 덩치가 있는지 짐작이 갔다. 회사에 있는 여러 개의 팀 중 보통 숫자가 앞선 팀이 가장 경험이 많고 최정예인 팀이었다. 저 정도 전력을 보내면서 2팀 팀장을 보낸 진돗개가 더 덩치가 크다고 볼 수 있었다.

'우리는 1팀을 안 보내도 해결할 수 있다 이거겠지.'

이해가 갔다. 겉으로 얼핏 보면 용병 회사의 강함은 소속된 용병의 숫자로 착각하기 쉽다. 그러나 실제로는 아니었다.

그렇게 따지면 가장 규모가 큰 군대가 카메론 행성에서 가장 높은 실적을 올려야 했다.

카메론 행성은 소수정예로 움직이는 이들에게 유리한 곳이었다.

대규모 군대를 보내서 몬스터를 잡아봤자 피해자만 늘 뿐, 수많은 시행착오를 겪고서 인류의 방식은 현재 방식으로 바뀌었다. 소수의 베테랑을 보내 처리하는 방식으로.

용병 회사의 1팀은, 그 회사의 가장 고급 전력이자 간판이나 다름없다. 회사가 해결할 수 있는 일의 한계는 그 회사의

1팀이 해결할 수 있는 일까지였다.

결국 강한 용병 회사란, 강한 1팀을 가지고 있고 그와 비교해도 떨어지지 않는 다른 예비 팀들을 많이 보유하고 있는 회사였다.

"딱딱한 인사는 됐습니다. 저희가 군인도 아닌데요. 그보다 바로 작전에 대해 이야기하고 싶은데, 제가 전체 팀을 지휘하게 될 거라는 건 이미 알고 계시리라 생각합니다."

오병환과 이소희는 고개를 끄덕였다.

"물론 그렇다고 해서 제가 두 팀을 다 일일이 지휘할 수는 없습니다. 평소에 합을 맞춘 것도 아니고, 이런 상황에서 일일이 지휘해 봤자 역효과만 나겠죠. 그러니 이렇게 합시다. 각 팀이 뭉쳐서 포메이션을 정한 후, 저는 두 팀장분한테 대략적인 명령만 내리겠습니다. 그러면 세부적인 명령은 두 분이 알아서 해주세요."

"그렇게 하겠습니다. 위치는요?"

"엉클 조 컴퍼니가 전방, 저희 진돗개가 가운데, 코드 그린이 후방……. 이렇게 가려고 합니다만. 어떻게 생각하시죠?"

"……!"

이소희는 얼굴을 굳히고 최재호를 쳐다보았다.

그녀는 바보가 아니다. 이 제안이 무엇을 의미하는지는 뻔했다.

움직일 때는 전방이 가장 먼저 공격을 받기 쉽다. 물론 누군가는 전방을 맡아야 하지만, 그걸 그들이 맡을 이유는 없었다.

이소희의 표정을 보고 최재호가 말을 이었다.

"물론 전방이 위험하다는 건 알고 있습니다. 그렇지만 무슨 일이 생기면 바로 지원이 들어갈 겁니다. 걱정하지 않으셔도 좋습니다."

"저희는 그쪽과 달리 이번 작전이 처음입니다. 전방의 무게를 생각하신다면 다른 분이 맡아주시는 게 나을 것 같습니다만."

"처음이라뇨. 캘커타 고릴라와 마주치고서도 돌아오신 걸 알고 있습니다. 지나치게 겸손하실 필요는 없어요."

'이미 이야기가 되어 있었나!'

이소희는 속으로 그녀의 부주의를 탓했다. 이미 저 두 팀은 작전을 같이한 경험이 있었던 것이다.

게다가 그 작전은 피해만 입고 실패로 끝났다. 두 팀장 사이에 암묵적인 합의가 있었던 게 분명했다.

—이번 임무에서 가장 위험한 자리는 새로 들어온 팀에게 떠넘기자.

반박할 수가 없었다. 실제로 그녀와 그녀의 팀은 캘커타 고릴라와 부딪히고서도 무사히 돌아왔지만, 두 팀은 아니었으니까.

"출발하려면 시간이 있으니 잠깐 생각을 좀 해도 되겠습니까?"

"예?"

이소희가 받아들일 거라고 생각했던 최재호는 그 말을 듣고 살짝 당황했다.

'어차피 상관없나?'

이번 작전 자체를 포기하는 경우가 아니라면 이소희가 저걸 거절할 이유는 없었다. 그리고 최재호는 알고 있었다. 이 정도 자리 배치 때문에 작전을 포기하는 팀은 없다는 것을. 그건 스스로 신용을 깎아 먹는 짓이나 마찬가지였다.

'미안하지만 어쩔 수 없지. 억울하면 최대로 투자를 해서 지휘권을 쥐라고.'

그렇게 생각하며 최재호는 이소희의 뒷모습을 쳐다보았다. 팀장으로서의 책임을 알고 있었기에 그녀의 속마음은 짐작이 갔다. 그렇다고 해서 편의를 봐줄 생각은 조금도 없었지만.

"……이렇게 됐습니다."

"그런데 그걸 왜 저한테 물으십니까?"

수현은 이소희의 설명을 듣고 어이가 없어서 되물었다. 보통 이런 건 팀장이 알아서 결정하는 일이었다. 그녀의 밑인 팀원한테 가지고 올 일이 아니었다.

"김수현 대원의 의견을 듣고 싶어서 왔습니다. 혹시 문제라도 있습니까?"

"문제는 없는데, 이런 걸 굳이 팀원한테 물어봤자 권위만 상할 텐데……."

"그런 건 신경 쓰지 않습니다."

"팀장 권위가 상하면 힘든 건 팀장뿐만이 아니라 팀원 전체거든요? 그보다 저 제안은 신경 쓸 필요 없습니다. 저놈들 아직도 배운 게 없네요."

"……?"

그녀의 권위를 존중한다면 여기서 팀장으로 어떻게 행동해야 하는지 설명하는 건 오히려 무례한 짓이었다. 그건 결국 그녀가 알아서 해야 했다.

수현은 그 대신 이소희가 들은 제안에 대해 설명했다.

"한마디로 앞장서서 방패 역할을 해달라는 거 아닙니까. 싸움 터졌을 때 가장 먼저 막기 위해서."

"그렇습니다."

"그거야 평상시죠. 지금 우리가 상대하러 가는 건 좀 특이한 캘커타 고릴라입니다. 놈의 지능 정도면 앞에서는 덤비지 않을 겁니다. 오히려 위험한 건 뒤나 가운데죠."

지능이 낮은 몬스터라면 적이 어떻게 있든 간에 정면에서 바로 덤비겠지만, 지능이 높은 몬스터라면 적을 어떻게 해야 잘 공격할 수 있을지 고민한다.

그리고 설명을 들은 캘커타 고릴라라면 그 정도 고민은 충분히 가능했다. 캘커타 고릴라 중에 이렇게 지능이 높은 놈은 수현도 처음이지만, 다른 지능 높은 몬스터 중에서 몬스터를 몰아 적에게 보내는 놈은 수현도 상대해본 적이 있었다. 그런 놈들은 절대로 앞에서 공격을 시작하지 않았다.

'뒤나 가운데부터 흔들기 시작한 다음 덤비지.'

"그냥 정말 어쩔 수 없다는 표정을 지으면서, 우리가 희생하겠다는 듯이 수긍하세요. 놈들도 그걸 알 테니 뭔가 다른 데서 양보를 해올 겁니다."

"미리 경고해야 하지 않겠습니까?"

"경고요? 너희들 공격당할 수도 있으니 조심하라고요? 놀러 온 것도 아닌데 그건 알아서 조심해야죠. 한 번 당하고서도 아직도 배운 게 없으니……."

수현은 혀를 찼다. 예전 부하들이 저랬다면 당장에 얼차려였다.

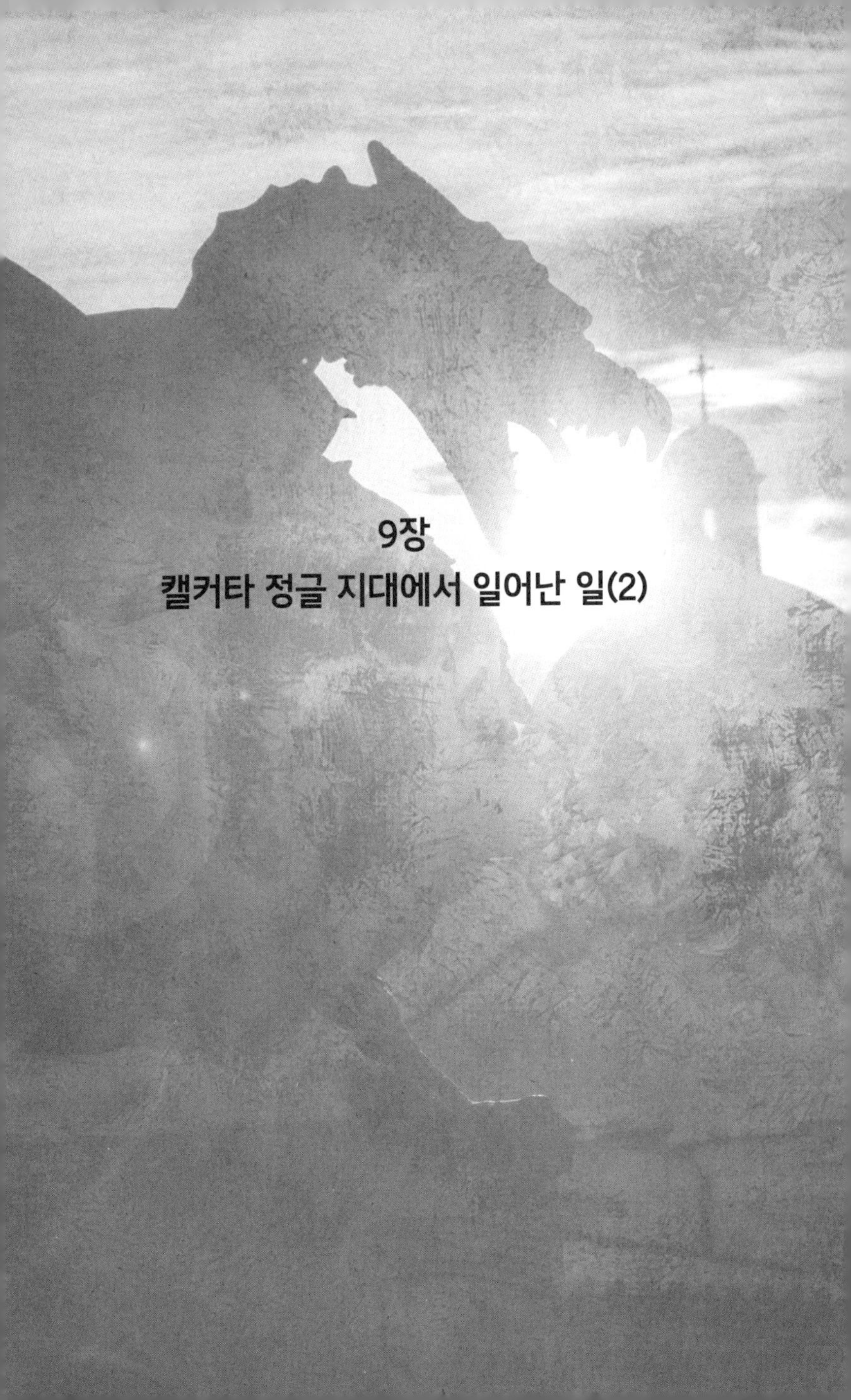

9장
캘커타 정글 지대에서 일어난 일(2)

그러나 저들은 그의 부하가 아니었다. 뭐가 예쁘다고 챙겨 주겠는가. 게다가 손해 안 보겠다고 위치를 앞으로 몰아넣은 게 뻔히 보이는데. 카메론 행성에서 목숨은 자기가 알아서 챙겨야 했다.

"알겠습니다. 그렇게 하겠습니다."

이소희는 돌아가고 나서 수현이 시킨 대로 말했다. 최재호는 그럴 줄 알았다는 듯이 고개를 끄덕였다. 이런 문제 때문에 거절해서 나갈 리가 없다고 판단한 그의 생각이 맞아떨어진 것이다.

"대신 저희가 가장 위험한 자리를 맡고 있다는 건 명심해 주십시오."

"아. 물론이죠. 그 정도야……."

최재호는 이소희의 말을 금세 이해했다. 가장 앞에서 움직이는 만큼 어느 정도 특혜를 달라는 뜻이었다. 불침번 같은 사소한 특혜 정도는 충분히 양보해 줄 수 있었다.

"너, 뭐 하냐?"

"위장합니다. 위장."

"몬스터 상대로 그런 위장이 의미가 있어?"

적이 사람이라면 이런 위장이 의미가 있었지만, 적이 몬스터라면 지금 수현처럼 얼굴에 바르는 위장은 큰 의미가 없었다. 몬스터는 시각에 앞서서 후각과 청각으로 사람을 알아차리는 경우가 많았던 것이다.

"당연히 냄새도 지워야죠. 자. 모두 여기로 오세요."

갑자기 수현이 스프레이를 칙칙 뿌려대자 모두가 질색하는 표정을 지었다.

"이게 뭐야?"

"냄새 지우고 들어가야죠. 꼭 멍청한 놈들이 이거 별거 아니라고 생각하고, 귀찮다고 안 하는데 아주 멍청한 짓입니다."

진입하기 전의 준비 과정. 최재호는 엉클 조 컴퍼니의 용병들이 떠들면서 하는 행동을 유심히 지켜보았다. 그리고 부하의 옆구리를 찔렀다.

"예?"

"뭐하냐, 멍청아. 보고 배워. 괜히 우리가 받을 거까지 나눠가면서 저놈들 데려온 줄 알아?"

엉클 조 컴퍼니를 부른 이유는 조승현이 예측한 이유와 거의 일치했다. 파워 아머의 보충과, 캘커타 고릴라를 상대하는 노하우. 전자면 몰라도 후자는 배워 놓으면 쏠쏠하게 쓸 수 있었다.

"저 스프레이가 이 주변에서 괜찮은 모양이군. 퍼서스사 물건인가?"

"아뇨. 아무것도 안 붙어 있습니다만."

"설마 자체 블렌딩은 아니겠지."

몬스터 상대로는 체취를 지우는 것 하나도 복잡한 방법이 필요했다. 냄새를 없애는 것도 만능은 아니었다. 어떤 몬스터는 냄새를 아예 없애면 오히려 더 쉽게 눈치채는 경우도 있기 때문이다.

때문에 특정 지역, 특정 몬스터에 맞는 물건을 써야 했고, 그것도 다 정보였다.

엉클 조 컴퍼니가 캘커타 고릴라 상대로 뭔가 알고 있는 게 분명하다고 생각하고 있는 최재호의 입장에서 저 스프레이는 무언가 비장의 물건으로 보였다.

"근데 이거 뭐냐?"

"저번에 샀던 퍼서스사 물건 스프레이로 개조한 건데요."

"그러면 껍데기는 왜 바꾼 거야?"

"일종의 신비주의 마케팅이죠."

"……??"

"나중에 보면 압니다."

장사의 기본은 상대방이 이 물건을 갖고 싶어서 안달 나게 만드는 것이었다.

그러려면 굳이 이게 시중에서 파는 물건이라는 걸 알려줄 필요가 없었다. 수현은 그렇게 생각하며 스프레이를 안에 집어넣었다.

'될지 안 될지는 모르지만 일단 뿌려놓고 보는 거지.'

상대방은 수현의 팀이 이 카메론 행성에서 거의 신참에 가까운 팀이라는 걸 잘 모르는 것 같았다.

대부분이 군 경험자에, 캘커타 고릴라를 상대하고 무사히 빠져나왔다는 보고 때문에 그런 착각에 빠진 것이었겠지만…….

아직 착각에 빠져 있을 때 아주 고맙게 이용해 줘야 했다.

'그러고 보니 암시장을 한 번 가긴 가야 하는데.'

저번 생에서는 군대에 있었기에 어지간한 반출 금지 물품도 구해서 쓸 수 있었다. 수현은 몬스터를 확실하게 속이기 위해서 대부분의 물건에 직접 손을 댔다.

저런 방향제부터 시작해서 연막, 독 같은 화학물품을 개인적인 노하우로 섞고 개량하는 걸 그들 사이에서는 '블렌딩'이라고 표현했다.

수현은 이런 면에서 언제나 독보적인 위치를 자랑했다.

그렇지만 수현도 무에서 유를 창조할 수는 없었다. 기본적으로 재료가 있어야 했다. 그중에서 몇 개는 군대 내에서만 사용되는 물건이지만…….

수현은 한국군을 믿었다.

'암시장에 안 나왔을 리가 없지. 개새끼들.'

군 물자를 몰래 파는 건 카메론 행성에서 짭짤한 부업이었다. 특히 저런 반출 금지 물품일 경우에는 더더욱.

"대충 됐죠?"

"어."

"이소희 팀장님 파워 아머를 중심으로 움직입시다. 일직선으로는 다닐 필요 없어요. 파워 아머 양옆에 한 명씩 붙고 나머지는 둘로 나눠서 앞뒤로 배치. 뒤에서 몬스터 나오면 정지하되 진형 무너뜨리지 말고, 앞에서 몬스터 나오면 그대로 전진하면 됩니다."

수현은 자연스럽게 명령했다. 그리고 모두들 자연스럽게 따랐다. 배치되고 나서야 누군가 한 명이 깨닫고 중얼거렸다.

"근데 왜 재가 명령하고 있냐?"

수현은 작전이 시작하기 전에, 일이 어떻게 흘러갈지 몇 가지 가정을 하곤 했다. 그러면 만약의 일이 일어나더라도 빠르게 대응할 수 있었다.

이번 작전에서 변수는 캘커타 고릴라의 반응이다.

첫 번째로, 캘커타 고릴라가 수현을 알아보고 분노로 눈이 돌아가서 수현에게 바로 덤벼들어 온다면.

'나야 좋지.'

아무리 놈이 강하다고 해봤자 수현은 캘커타 고릴라 하나 정도는 잡을 자신이 있었다. 몬스터의 천적은 언제나 초능력자다.

예전에는 약한 초능력만을 가지고서도 몬스터를 죽이고 다녔는데, 이제는 그 무기가 두 개로 늘어났다.

그것도 화력까지 올린 상태로.

'덤비는 순간 사지에 염동력 걸어서 묶어버린 다음 파워 아머로 녹여버리면 끝나겠군.'

두 번째로, 캘커타 고릴라가 수현을 알아보지 못한다면.

진돗개 팀이나 코드 그린 팀이 당한 전철을 밟을 가능성이

켰다. 캘커타 고릴라는 만만치 않은 적을 발견하고서 이쪽으로 몬스터를 보낼 것이다.

수현이 원견 마법을 익히긴 했지만 캘커타 고릴라보다 먼저 캘커타 고릴라를 잡아낼 자신은 없었다. 원견 마법은 만능이 아니었다.

시야를 강력하게 확장해 주지만, 원거리를 보려고 하면 그쪽에 집중해야 했다. 360도 전 방향에 있는 놈들을 다 확인하는 건 불가능했다.

이동하면서 그들이 가려는 곳을 멀리서 먼저 확인하는 용도로는 좋았지만, 그들을 노리면서 어느 방향에서 덮칠지 모르는 몬스터를 먼저 잡아내는 건 무리였다.

몬스터는 시각에 앞서 후각과 청각으로 적을 잡아내니까.

그나마 암컷 캘커타 고릴라의 후각은 둔한 편이긴 하지만, 아무리 그래도 인간보다는 뛰어날 것이다.

'그럴 경우에는 장기전인가.'

보내는 몬스터를 잡아내다 보면 캘커타 고릴라가 알아서 덤벼들 것이다. 지능이 높다고 해도 결국에는 몬스터. 끝까지 참을 수는 없을 것이다.

그리고 그럴 경우에는…….

'내 잘못 아니지.'

진돗개와 코드 그린이 가장 먼저 당하게 될 가능성이 크다. 그들은 몰랐지만, 지금 진짜 총알받이는 그쪽이었다.

세 번째로, 캘커타 고릴라가 수현을 알아봤는데 바로 덤벼들지 않고 장기전을 유도한다면?

그게 제일 끔찍한 경우다. 몬스터가 그만큼 끈기가 있다는 것도 두려운데 그 경우에는 수현의 팀이 총알받이가 되어야 했다.

그걸 대비해서 수현은 얼굴과 체취를 가렸다. 아무리 놈이라도 어지간해서는 눈치채지 못할 것이다.

"야. 야."

"뭡니까?"

일행의 가장 앞에서, 원견으로 확인한 후 나아가는 과정을 반복하는 수현이었다. 그런 그의 등을 누군가 두드렸다. 김창식이었다.

"캘커타 악어새다. 어떻게 하지?"

"……쏘지 말죠."

"뭐? 그래도 괜찮아?"

"캘커타 악어새는 알고 있는 사람이 드뭅니다. 알고 있으면 뒤에서 쏘겠죠."

애초에 이렇게 정신없는 정글에서, 허공에 날아다니는 새가 몬스터를 부르리라고는 아무도 상상하지 못할 것이다. 수현도 캘커타 악어새에 대해서는 꽤나 우연히 알게 되었으니까.

모르는 사람은 몬스터와 부딪히면 재수가 없었다고 생각할 뿐, 왜 조우했는지는 끝까지 그 이유를 모르는 경우가 대부분이다.

그런 정보를 저런 놈들에게 공짜로 퍼주는 건 아까웠다. 어차피 이 주변에서 마주칠 만한 몬스터는 이 정도 전력으로 충분히 상대할 수 있었다.

"모두 경계만 하세요. 아마 크게 위험하지는 않을 겁니다."

수현의 말에 대원들은 고개를 끄덕였다. 그들도 수현의 말을 듣고 카메론 행성의 방식에 대해서 확실하게 느낀 게 있었다.

정보 하나도 치사하게 느껴질 정도로 아끼고, 값어치를 부여한다. 오히려 그러지 않는 놈이 이상한 것이었다. 정말로 스스로의 능력만이 카메론 행성에서 살아남을 자격을 부여해줬다.

"그런데…… 그러면 저놈은 그 정보를 그냥 우리한테 알려준 거잖아?"

"그러네?"

"거기 둘. 잡담하지 마세요. 몬스터가 우스워 보입니까?"

"아. 미안."

뒤에서 이야기하던 둘은 수현의 지적에 찔끔 입을 다물었다. 위험을 앞에 둔 수현은 평소와는 전혀 태도가 달랐다. 표정부터가 냉정해지고 목소리에서는 얼음이 뚝뚝 떨어지는 것 같았다. 전혀 반문할 수 없게 만드는 위엄이 풍겼다.

—몬스터! 몬스터!

통신으로 뒤에서 연락이 들어왔다. 예상이라도 했다는 듯이, 엉클 조 컴퍼니의 용병들은 능숙하게 멈추고 뒤로 돌았다.

"지원 필요합니까?"

—아니…… 괜찮다. 캘커타 지옥악어뿐이다! 우리로 충분하다.

오병환 팀장의 목소리. 가장 뒤에 있던 코드 그린 팀이 공격받은 게 분명했다. 그러나 그렇게 당황한 목소리는 아니었다.

—혹시 모르니 합류하겠습니다. 엉클 조 여러분도 따라와 주시죠.

"알겠습니다."

"뭐야. 지옥악어 정도로 다 모으는 거야?"

"저들은 호되게 당했으니까요."

김창식이 중얼거리며 한 질문에 수현이 대답했다. 저들의 머릿속에는 첫 번째 실패가 아직 깊게 남아 있을 가능성이 컸다. 만만한 몬스터가 나타났다고 뭉치지 않은 채 진형을 유지했다가 각개격파 당한 굴욕. 그런 건 쉽게 사라지지 않는다.

'근데 이건 캘커타 고릴라가 아니라 악어새가 부른 건데…….'

수현은 그렇게 생각하며 뒤를 따랐다. 움직이면서도 그는 만약을 대비해서 끊임없이 후방을 확인했다.

그들이 도착했을 때쯤에는 전투는 마무리가 되고 있었다. 코드 그린은 미리 준비한 중화기와 파워 아머의 힘으로 단단한 지옥악어들을 쓸어버렸다.

거의 과잉화력으로 느껴질 정도의 화력 투사였다.

"우와…… 저런 식으로 잡나?"

"보통 저게 편하죠. 우리야 그때 저런 걸 안 들고 갔으니까 그렇게 한 거고."

압도적인 화력과 힘으로, 주변의 소음이나 주목 같은 건 신경 쓰지 않고 몬스터를 갈아버리는 건 군의 방식이다. 용병 중에서도 저런 방법을 쓰는 팀은 많았다.

그러나 수현은 몬스터의 약점을 찾고 때를 기다린 후 초능력과 연계된 공격으로 최대한 조용하게 잡는 걸 선호했다. 카메론 행성에서는 시끄러워서 좋을 일이 하나도 없었다.

전투가 마무리되어가고 있었지만 지옥악어가 전부 쓸려나

간 건 아니었다. 다른 한쪽에서 꿈틀거리며 기회를 엿보는 놈들이 아직 몇 마리 남아 있었다.

코드 그린 팀은 가까이 있는 놈들을 정리한 후 조금 거리가 있는 곳에 위치한 몬스터도 정리하려고 들었다.

그러나 최재호가 그들을 제지했다.

"그 정도면 됐습니다. 체력 문제도 있으니 나머지는 이쪽에서 처리하겠습니다."

"……."

오병환은 공격을 개시하려다가 최재호의 말에 멈췄다. 일단 그가 리더이기도 했지만, 무엇보다 대신 싸워주겠다는데 굳이 화력을 낭비할 필요는 없었던 것이다. 화력은 무한한 게 아니었다.

"준비해라."

코드 그린 팀에서 파워 아머를 몰고 있는 건 오병환이었지만, 진돗개 팀에서 파워 아머를 몰고 있는 건 다른 두 명이었다. 최재호는 타고 있지 않았다.

엉클 조 컴퍼니의 용병들은 그것에 대해 살짝 의아해했지만, 이유는 묻지 않았다. 타 회사에 대해 괜한 질문을 하는 건 그 자체로도 실례가 될 수 있으니까.

그러나 수현은 대충 짐작하고 있었다.

카메론 행성에서 뛰어난 파워 아머 파일럿이 아닌데도 팀장의 위치에 있다는 건, 다른 실력이 엄청나게 뛰어나거나…….

팟!

지옥악어의 몸통 위에서 갑자기 화염이 타오르기 시작했다. 느리게 피어오르는 게 아닌, 폭발하듯이, 빠르게 둥근 모양으로 퍼지는 화염.

'역시 초능력자였군.'

발화 능력자. 거기에 발화 능력 중에서도 꽤나 좋은 능력이었다. 같은 초능력이라도 그 위력이나 방식에 있어서는 차이가 있었다.

발화 능력도 몸 주변에서 불꽃을 만들어내서 투척을 하는 경우가 있었고, 지금 최재호처럼 타깃에게 직접적으로 불을 붙이는 게 가능한 경우가 있었다. 몬스터를 상대하는 입장에서는 후자 같은 경우가 편했다.

몬스터가 눈치채기 전에 바로 불을 붙이는 게 가능했으니까.

"와. 초능력자였잖아?"

"괜히 팀장을 맡고 있는 게 아니었군."

도착한 엉클 조 컴퍼니의 용병들이 수군거리는 목소리가 들렸다. 초능력자는 언제나 선망의 시선을 받는 존재였다.

기존 재래식 병기에게는 강력한 내성을 보이면서도 초능력에게는 약점을 보이는 몬스터들이 많았다. 그만큼 카메론 행성에서는 있으면 편한 인재가 초능력자였다.

"조용히, 조용히 정리하자. 더 이상 소란 만들지 말고."

최재호가 부하들에게 명령하는 게 들렸다.

수현은 그래도 최재호가 오병환보다는 머리가 돌아간다고 생각했다.

수현이 보기에, 오병환은 첫 번째 실패에서 배운 게 별로 없었다. 몬스터는 만만한 상대가 아니었다. 어떻게든 졌다면 상대의 강함을 인정하고 허점을 찌를 방법을 고민해야 했다.

그러나 오병환은 그들의 방식이 틀렸다고 생각하지 않는 것 같았다. 인원을 보충하고 화력을 더 보충했으니 이번에는 이길 거라고 생각하는 게 분명했다.

주변의 소란은 무시하고 화력을 투사해서 쓸어버리는 공격. 더 조용하게 처리할 수도 있었다. 카메론에서 시끄럽게 구는 건 공격해 달라는 신호밖에 되지 않았다.

최재호가 굳이 끼어든 건 그걸 막기 위해서였을 것이다. 다만 다른 사람들이 전부 듣고 있는 상황에서, 타 팀의 팀장에게 조용히 잡으라고 했다가는 문제가 생길 수 있으니 대신 싸우겠다고 한 것일 거고.

'그래도 완전히 맹물은 아니군.'

최재호는 연속적으로 초능력을 사용했다. 지옥악어의 벌려진 입안에서 불꽃이 폭발하듯이 터져 나가자, 지옥악어는 고통스러운 비명을 내지르며 뒹굴었다.

"빨리빨리 해치워! 여기서 밤샐 생각이냐?"

"알겠습니다!"

최재호는 진돗개의 팀원들이 느리다고 구박했지만, 그들은 충분히 괜찮은 실력을 가지고 있었다. 그들의 동작에서는 익숙함이 보였다.

'초능력으로 공격해서 방어를 깎고, 그 사이에 마무리. 팀워크가 괜찮군.'

지옥악어뿐만 아니라 트롤 같은 놈한테도 아주 효과적일 것이다. 안 그래도 불에 약한데, 초능력으로 만들어진 불이라면 더더욱 치명적일 테니까.

"클리어."

"클리어!"

"제대로 확인해!"

"생체 반응 없습니다."

"좋아. 이제 이동합시다."

기껏 달려왔는데 할 게 없어진 엉클 조 컴퍼니의 대원들은 어깨를 으쓱거리고 앞으로 돌았다. 이런 거 하나하나에 일일이 반응하면 스스로만 피곤해질 뿐이었다.

'안 싸우면 좋지, 뭐.'

'유난히 새가 많이 보이는군.'

최재호는 그렇게 생각하며 땀을 닦았다. 현재 그들은 휴식을 취하고 있는 중이었다. 예정에 없는 휴식이었지만, 어쩔 수 없었다. 생각보다 몬스터와의 격돌이 많았던 탓이다.

"어떻게 생각하나?"

"뭘 말입니까?"

"저 엉클 조 컴퍼니 놈들 말이다. 시작했을 때 그 스프레이……. 거기에 뭔가가 있는 게 분명해. 이 캘커타 주변에서 확실하게 먹히는 무언가가."

코드 그린의 팀원도, 진돗개의 팀원도 어느 정도 피곤한 기색을 보이고 있었다.

최재호도 살짝 피곤함을 느끼고 있었다. 무리도 아니었다. 그들은 지금 몬스터와 몇 번이고 마주쳐서 싸웠던 것이다.

그런데 그 와중에 엉클 조 컴퍼니는 한 번도 먼저 공격당하지 않았다. 언제나 몬스터의 공격은 가운데나, 후방을 기준으로 시작되었다. 그러니 싸움의 대부분은 코드 그린이나 진돗개가 하게 되고, 엉클 조는 싸움이 다 끝날 때쯤 하품이나 하면서 다시 진형으로 돌아가는 경우가 태반이었다.

"쟤네 우리 노려보는데?"

"냅둬요. 힘들게 굴렸잖아요."

"거 참. 운 좋은 게 우리 잘못이야?"

수현은 피식 웃었다. 오늘은 캘커타 악어새에게 아주 제대로 걸린 날이었다. 한 번 실패하자 놈들은 계속 날아다니면서 몬스터를 불러오고 있었다.

놈을 막는 대신, 수현은 원견 마법으로 놈을 추적했다. 그리고 몬스터가 어느 방향에 있는지 확인했다.

그 이후 앞에서 방향을 틀어 뒤나 중간에 위치한 팀이 몬스터를 막아주도록 유도했다.

그 결과, 지금 같은 상황이 된 것이다.

캘커타 악어새는 결국 포기하고 다른 곳으로 날아가 버렸지만, 대원들의 지친 체력은 바로 회복되지 않았다.

"그 트롤 피 아깝네. 그렇게 안 보이던 놈들이 이번에는 또 왜……."

"그거 챙겨 봤자 어차피 여기 인원들이랑 1/n 해야 하는 거 알죠?"

"알고 있다고. 거기에 지금 챙겼다가는 무슨 욕을 먹을지 모르니까."

"쓸데없는 소리 하지 말고 다들 일렬로 서세요. 스프레이나 한 번 더 뿌립시다."

"뭐? 왜 또?"

대원들은 투덜거렸지만 수현이 하자는데 거절을 하는 사람은 없었다. 그리고 그 행동은 다른 팀의 대원들에게 아주 인상 깊게 남았다.

'확실해. 저게 분명히 상관이 있어!'

'대체 저게 뭘까?'

엉클 조 컴퍼니의 노하우를 얻기 위해서 그들을 초청하기는 했지만, 그렇다고 대놓고 달라고 할 수는 없었다. 그건 바로 싸움이 일어날 수 있는 일이었다. 노하우는 같이 일하면서 자연스럽게, 눈치껏 배워야 했다. 그런 상황이니 어떤 제품을 쓰는 건지 물어볼 수는 없었다.

하지만 궁금한 건 사실이었다. 수현은 등 뒤에서 뜨거운 시선이 쏟아지는 걸 느끼며 다시 스프레이를 집어넣었다.

휴식이 끝나기 전에 최재호는 기회를 잡았다. 아니, 수현이 기회를 줬다고 봐도 좋았다. 대원들과 붙어 있으면 아무도 접촉하지 않을 테니까.

수현은 일부러 살짝 떨어진 곳으로 걸어갔다. 그걸 본 최재호가 귀신처럼 빈틈을 알아차리고 말을 걸었다.

"크, 크흠."

"……?"

"보니까…… 아주 잘 싸우더군. 이름이?"

"김수현입니다. 압니다. 제가 좀 잘 싸우긴 하죠."

돌아온 대답에 최재호는 황당하다는 표정을 지었다. 그가 할 말이 없어서 간단히 붙이긴 했지만, 수현은 별로 한 게 없었던 것이다. 힘든 일은 그나 코드 그린 팀이 다 했지.

그런데 저렇게 당당하게 말하다니. 최재호는 황당함을 참고 말을 이었다.

"신입 같은데, 엉클 조 컴퍼니는 괜찮나?"

"뭐……. 신입이 뭘 가리겠습니까. 분위기 좋고, 팀원들 좋고, 가능성 있으니 됐죠."

"그래도 아쉬운 게 있을 텐데."

'이 인간이 날 호구로 보나…….'

최재호의 마음이 이해는 갔다. 다른 이들은 일단 겉모습만 보면 꽤나 경험이 있어 보였다.

그러나 수현은 가장 어려 보이는 신입. 말을 걸 때 가장 만만해 보였을 거다.

"뭡니까? 스카우트?"

"스카우트라니. 무슨. 다른 사람 들으면 큰일 날 소리 하지 말라고."

최재호는 과장스러운 동작으로 주변을 두리번거리더니 목소리를 낮췄다. 일단은 부정하는 태도였으나 그 태도가 의미하는 건 분명했다. '공식적으로는 말하기 좀 그렇지만 그럴 생각이 아예 없는 건 아니다'라는 뜻.

"우리 진돗개는 꽤 괜찮은 회사지. 국내 회사 중에서는 손꼽히는 회사라고. 알고 있었나?"

"그렇죠. 여기서 일하는 사람 중에 진돗개 이름을 모르는 사람이 있겠습니까?"

자기가 좋아하는 걸 칭찬해 주는 건 언제나 효과가 좋았다. 최재호처럼 경험 많은 사람한테도 그건 마찬가지였다. 최재호는 기분 좋은 표정으로 고개를 끄덕였다.

"그렇지. 내가 말하니 좀 그렇지만, 정말 좋은 회사야."

'사실 기억이 가물가물한데…….'

"우리 회사는 언제나 패기 있고 젊은 신입을 모으고 있다는 거 알고 있나?"

"그랬습니까? 이상하네요. 조건 보면 경험자만 모으는 줄 알았는데."

수현의 말에 최재호는 살짝 당황했다. 이놈이 설마 채용 조건까지 알고 있을 줄은 몰랐던 것이다.

"아, 아니, 그건 어디까지나 공개적으로 인원을 구할 때 이야기지. 어느 정도 실력을 가졌는지 모르니까 그 정도 안전장치는 있어야 하지 않겠어? 그렇지만 이렇게 직접, 내 두 눈으로 확인한 사람은 별개야. 그럴 경우에는 경험이 문제가 되지 않지. 정말로 실력이 좋은 놈은 경험이랑은 상관이 없거든. 그렇게 생각하지 않나?"

'혹시 몰라서 찔러봤는데. 정말 경험자만 모았나.'

수현은 속으로 웃음을 참고 그의 말에 동의해 줬다. 최재호가 그를 얕보고 수작을 부리는 모습이 가소롭기 짝이 없었다.

"그렇죠. 저도 그렇게 생각해요. 제가 다른 사람한테 밀리는 게 하나도 없잖습니까?"

"으음. 이건 다른 사람한테는 말하지 말라고. 나도 자네가 다른 대원한테 밀리지 않을 정도로 충분한 실력자라고 생각해."

최재호는 그가 실제로 맞는 말을 하고 있다고는 꿈에도 상상치 못했다.

작은 회사에, 인원이 부족해서 어쩔 수 없이 넣은 것 같은 신인. 당연히 불만이 많을 수밖에 없을 테니 건드리기 이렇게 좋은 놈도 없었다.

잘 설득해서, 알고 있는 정보를 최대한 긁어낸다. 여기서 가장 중요한 건 문제가 안 생기게 하는 것이었다. 확실한 약속은 해주지 않고 '네가 잘 해주면 우리 회사로 스카우트해 줄 수도 있다'라는 식의 암시만 흘려줘도 신입은 넘어오게 되어 있었다.

나중에 속은 걸 깨달은 신인은 억울해도 항의할 곳이 없게 된다.

최재호는 실제로 어떤 문서도 남기지 않을 테고, 원래 있던 곳에 말해서 따지기에는 그가 이미 털어놓은 게 너무 많을 테니까.

수현은 최재호의 말을 듣고 연신 고개를 끄덕였다. 그 모습에 최재호는 속으로 흐뭇해했다. 아무리 봐도 수현의 모습은 제대로 미끼를 문 먹잇감의 모습이었던 것이다.

'완전히 걸렸군.'

"그렇지만 어쩔 수 없지. 경험이란 게 있잖아? 자네 실력이야 뒤지지 않지만 여기 있는 다른 사람도 경험이 많으니. 자네만 특별 대우를 해줄 수는 없단 말이지. 게다가 엉클 조 컴퍼니처럼 새로 생긴 회사라면 더더욱. 지금 딱 회사의 기풍을 잡아야 할 때니까."

"어떻게 그럴 수가!"

수현은 분개한 표정으로 비장하게 외쳤다. 최재호는 안쓰럽다는 듯이 쯧쯧거리며 말했다.

"그래도 실력이 있으니 참고 기다리다 보면 언젠가 올라갈 거야. 아니면……."

"……?"

"실력을 보여서 다른 곳에 스카우트되는 것도 방법 중 하나겠지. 그렇지 않나?"

슬슬 지겨워지는 마음을 감추며, 수현은 최대한 반짝이는 눈빛으로 고개를 끄덕였다.

"그래. 그러면 열심히 하게."

"감사합니다!"

최재호는 만족스러운 기분으로 수현의 어깨를 두드린 후 자리로 돌아갔다. 여기서 바로 캐묻는 건 멍청한 짓이다. 아무리 신입이라도 다짜고짜 물어대면 걸리지 않는다.

이런 작업은 천천히, 그러면서 꾸준히 신뢰를 주는 게 요령이었다. 상대방이 먼저 안달이 나서 정보를 바치게 하는 것. 그것이 가장 깔끔하고 뒤탈 없는 방법이었다.

'……라고 생각하고 있겠지.'

수현은 한심하다는 듯이 고개를 흔들었다.

최재호는 능력이 없는 사람이 아니었다. 초능력자에, 어느 정도 상황을 파악할 수 있는 눈을 가졌고, 거기에 수완마저 좋았다.

문제는 수현이 그보다 더 닳고 닳은 놈이었다는 점이었다. 수현의 입장에서는 최재호가 말을 꺼낸 순간부터 그가 어떤 식으로 그를 설득하고 뭘 노릴지 뻔히 보였다.

'그래도 뭐……. 장단은 맞춰줘야지.'

수현도 최재호한테서 필요한 게 있었다.

정보.

보아하니 진돗개 2팀은 캘커타 정글 지대가 주 활동 지역이 아닌 것 같았다.

카메론 행성은 넓었고, 다양하게 활동하는 용병이라고 하더라도 특별한 경우가 아니면 주된 활동 지역을 벗어나지 않았다.

그런 면에서 봤을 때, 진돗개 2팀은 캘커타 정글 지대에서 주로 활동하던 팀이 아니었다.

워낙 경험이 있고 숙련된 전투원이다 보니 어설픈 모습을 보여주지는 않았지만, 세세한 모습에서 티가 났다. 수현의 눈을 속일 수는 없었다.

'다른 곳에서 놀던 놈들이 왔다는 건데…….'

진돗개 정도 되는 회사라면 이미 타 지역에서 단단하게 입지를 확보한 상태일 것이다. 그런 이들이 익숙하지 않은 곳에 2팀을 보내면서까지 얻으려고 하는 게 무엇인지 궁금했다.

한 번 실패하고 나서도 물러서지 않고 더 준비를 해서 왔다는 점에서 꽤나 매력적인 무언가가 있다는 게 분명했다.

엉클 조 컴퍼니가 이번 일을 성공시키면 받는 보수는 분명 괜찮은 수준이었다.

그러나 그건 어디까지나 주도적인 역할이 아닌 보조적인 역할로 참가했을 때의 이야기였다. 만약 숨겨진 게 있다면 더 받아내야 했다.

수현은 직감적으로 느끼고 있었다. 캘커타 고릴라와 싸울 때 그들을 제외한 다른 팀만으로 싸워서 이길 수는 없을 거라고.

몇 번의 소규모 전투와 휴식 이후에 일행은 목적지에 도착할 수 있었다.

엉클 조 컴퍼니의 팀원들에게는 익숙한 풍경이었다. 저번에 캘커타 고릴라에게 습격당한 곳이었다.

그들은 본능적으로 레드우드 숲을 쳐다보았다.

"저기서 나올 거면 벌써 나왔죠."

"나, 나도 안다고."

수현에게 속마음을 들킨 대원이 부끄러워서 얼굴을 붉혔다. 그러는 동안 각 팀의 팀장은 의견을 교환하고 있었다.

"이제 어떤 식으로 수색할 생각입니까?"

"이 주변에서 나오는 놈이니, 이제 놈의 영역에 들어섰다고 봐도 좋을 겁니다. 언제라도 싸움이 일어날 수 있다고 생각합시다."

최재호는 그렇게 말하고 이소희를 힐끗 쳐다보았다. 무언가 바라는 게 있는 표정이었다.

"놈이 호전적이긴 하지만, 우리가 놈을 찾으려면 결국 돌아다니면서 놈이 먼저 덤벼들기를 기다릴 수밖에 없습니다. 너무 비효율적인 방법인데, 혹시 방법이 있으시면 의견을 듣고 싶습니다."

"……?"

이소희는 눈썹을 찌푸렸다. 그녀는 눈치가 없는 사람이 아니었다. 최재호가 지금 무언가를 바라고 말을 꺼내는 건 확실했다.

'뭘 원하는 거지?'

"잠깐 휴식을 취한 후 다시 이동하기 시작할 테니, 그때까지 의견 받겠습니다. 없으면 이대로 갈 수밖에 없겠지만 말입니다."

"……?"

최재호는 그렇게 말하고 팀별 휴식을 명령했다. 언제라도 서로 원호할 수 있도록 거리를 그렇게 벌리지는 않았다.

'저 신입한테도 다시 작업을 걸어야 하고 말이지.'

불만이 많아 보이는 놈이니 계속해서 안달 나게 해줘야 했다. 최재호는 뜨거운 시선으로 수현을 쳐다보았다. 빈틈이 나면 다가가서 말을 걸 생각이었다.

"에취!"

"뭐하냐?"

"누가 내 얘기라도 했나……."

수현은 다른 대원들과 잡담을 하며 휴식을 취하고 있었다. 그러는 동안 돌아온 이소희는 파워 아머에서 내려 차후 계획에 대해 설명을 시작했다.

"……이렇게 되었습니다. 그보다 최재호 팀장의 말이 신경 쓰이는데, 짚이는 게 있는 사람 있으십니까?"

순간 모두의 시선이 수현에게 쏠렸다. 이번 일의 시작부터 발군의 판단력을 보여준 수현이었다. 그들 안에서는 무의식적으로 '수현이라면 뭔가 짚이는 게 있겠지'라는 생각이 자리 잡은 것이다.

"뭡니까? 왜 갑자기 사람을 그렇게……."

"뭐 짚이는 거 없냐?"

"없는 건 아닌데……."

"역시. 그럴 줄 알았어."

"뭔데? 말해봐."

"저놈들은 애초에 우리가 뭔가 알고 있을 거라고 생각해서 데리고 온 거잖습니까. 캘커타 고릴라를 상대할 때의 요령부터 시작해서 뭔가 숨겨진 노하우라던가……."

"그랬지."

대원들이 고개를 끄덕였다.

그들이 토벌에 참여하게 된 이유는 앞서 들었기 때문에 잘 알고 있었다.

"그러니 지금 그걸 달라는 거겠죠. 이제 캘커타 고릴라 영역이고, 싸우기 전에 미리 알아야 피해를 줄일 수 있으니까."

"……근데 우린 그런 거 없잖아?"

대원들은 멀뚱한 표정으로 서로를 쳐다보았다. 시작할 때는 속는 놈이 바보라고 생각했지만 정작 여기에 와서 그런 상황에 처하니 조금 난처하긴 한 것이다.

안 그래도 대부분의 싸움을 다른 팀이 한 상황에서 정보마저 숨기는 놈이라는 오해를 사는 건 사양이었다.

'스프레이를 풀까, 아니면 다른 걸 풀까…….'

수현은 생각에 잠겼다. 적당한 걸 하나 던져줘야 잠잠해질 시점이었다. 기업의 탈을 쓰고 있지만 현장에서 일하는 용병들은 참을성이 없다. 계속해서 엉클 조 컴퍼니만 이익을 보는 상황이 계속되면 분란이 생길 것이다.

적당한 정보를 풀어주고 우리가 이만큼 희생해 주고 있다는 걸 알려줘야 했다.

"뭐, 풀 게 있긴 합니다."

"……?"

"제가 놈한테서 도망쳤다는 거 알고 계시죠?"

"그랬지."

"당연히 싸우는 건 무리였고, 숨어서 견뎠죠. 그 이후에 놈이 돌아간 걸 확인하고 나서야 돌아왔지만……. 그때 놈이 어느 방향으로 돌아갔는지 볼 수 있었습니다. 캘커타 정글 지대는 넓지만 놈이 살 만한 곳은 한정적이니까, 놈이 그 주변에 살고 있을 가능성은 충분하죠."

"잠깐. 그러면 그거 확실하지 않잖아."

수현이 계속 뒤를 쫓아서 잡은 것도 아니고, 방향과 상황만으로 판단한 것이니 근거로서는 좀 부족했다.

"확실하지 않아도 별 상관없습니다. 중요한 건 어디까지나 성의 표시니까요. 같이 참가한 이상 우리도 어느 정도 팀을 위해 희생해 준다는 모습을 보여줘야 합니다."

그 말을 들은 대원들은 고개를 끄덕였다.

수현이 말한 위치는 놈의 방향과 상황으로 추측한 위치가 아니었다. 수현이 수컷 캘커타 고릴라를 쓰러뜨린 곳이었다. 그곳에서 암컷이 갑자기 튀어나왔으니, 놈의 서식지가 그 근처라고 봐도 크게 틀리지는 않을 것이다.

위치를 옮겼을 수도 있지만, 캘커타 고릴라 정도 되는 몬스터는 그렇게 쉽게 위치를 옮기지 않는다. 강한 몬스터란 건 그런 것이다.

이소희가 결정된 이야기를 전하자 최재호는 그럴 줄 알았다는 듯이 만족스럽게 고개를 끄덕였다.

'역시, 아무것도 없을 리가 없지. 그런 놈들이 어떻게 여기서 돌아다녔겠어.'

새로 생긴 회사라고 해도 갖고 있는 게 있어야 여기서 무언가 해나갈 수 있다.

엉클 조 컴퍼니는 캘커타 정글 지대에서 무사히 돌아다닌 팀이었다. 캘커타 고릴라와 만나고서도 사상자가 한 명도 등장하지 않았다는 건 우연으로 치부할 수 없는 일이었다.

"감사합니다. 그러면 그 좌표 주변으로 움직이겠습니다."

이야기를 마친 최재호는 시작하기 전에 빈틈을 노리는 매의 눈빛으로 주변을 둘러보았다.

수현이 또 팀원과 멀찍이 떨어져서 따로 놀고 있었다. 그 모습은 아직 제대로 팀에 적응하지 못한 대원으로밖에 보이지 않았다.

"왜 따로 있나?"

"아. 최재호 팀장님."

수현의 태도는 한층 더 깍듯해져 있었다. 최재호는 그걸 보고 수현이 완전히 미끼를 삼켰다는 걸 깨달았다. 무언가 원하는 게 있으면 사람은 아쉬운 태도를 보이기 마련이었다.

"같이 일하는 처지에 그렇게 예의 차릴 필요는 없어."

"그래도……."

"괜찮아. 괜찮아."

최재호는 최대한 인자한 표정으로 수현을 쳐다보았다.

"저, 뭐 좀 여쭤 봐도 되겠습니까?"

"뭐든지 좋지. 물어보라고."

"진돗개는 어떤 회사입니까?"

'요놈. 데려가 달라고 용을 쓰는군.'

"좋은 회사지. 정확히 뭐가 궁금한 거지?"

"주로 어떤 곳에서 활동하고, 유명한 사람으로는 누가 있는지……."

"유명한 사람은 너무 많아서 일일이 말하기 힘들고, 어떤 곳에서 놀았냐고 하면……. 나랑 내 팀은 에우터프에서 놀았지."

도시 기준으로 남쪽으로 내려가면 나오는 곳이었다. 평야와 구릉, 산악 지대가 섞인 꽤나 복잡한 곳. 나타나는 몬스터도 다양하다.

'역시 여기에서 놀던 놈들은 아니었군.'

"그런데 왜 여기에 오셨습니까?"

"그야 캘커타 고릴라를 잡을 만한 팀이 우리밖에 없었으니까 그렇지."

"진돗개 정도의 회사라면 다른 팀도 충분히 잡을 수 있었을 것 같은데……."

"하하. 우리 회사를 좋게 봐주는 건 고맙지만 캘커타 고릴라를 너무 만만히 보지 말라고. 놈이 얼마나 포악하고 강력한지 몰라서 그래."

'이미 잡아봤다. 새끼야.'

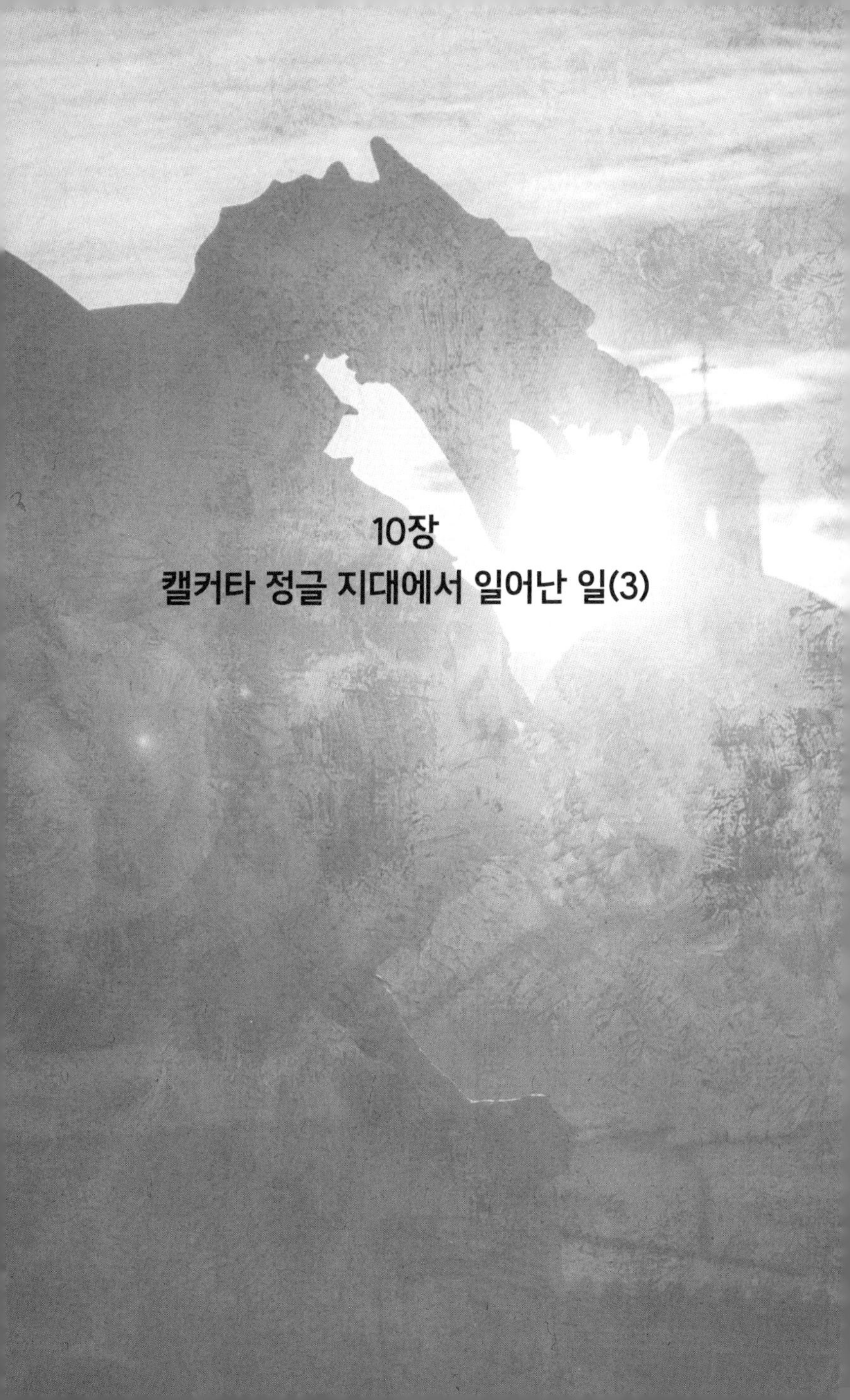

10장
캘커타 정글 지대에서 일어난 일(3)

"그 정도입니까??"

"그렇다니까."

"와. 그러면 퍼슨사가 문제가 있는 거 아닙니까?"

"응?"

"그런 몬스터를 잡는 거라면 보상이 너무 박하잖습니까! 거기에 진돗개 정도의 회사의 팀이라면 더더욱요!"

"아니, 그건 아니고……."

"아무리 그래도 그런 건 따져야 하지 않겠습니까!"

'이 자식 이거 왜 이래?'

최재호는 당황했다. 밑밥을 너무 던졌는지, 수현은 아직 들어오지도 않은 회사의 일에 대해 분노해 주고 있었던 것이다.

"아, 아니, 우리는 걱정하지 말라고. 우리는 알아서 우리 몫을 챙기고 있으니까."

"예? 공평하게 받고 있는 게 아니었습니까?"

'아차.'

최재호는 순간 그가 말실수를 했다는 걸 깨달았다. 물론 참여 전력에서 차이가 나니, 그에 대한 보상도 다른 것이 사실이었지만 이걸 굳이 공식적으로 인정할 필요는 없었던 것이다.

'상관없나. 이놈이 그거 알아봤자 별일도 없을 거고…….'

"그야 우리 팀이 여기서 가장 정예지 않나. 파워 아머 숫자만 봐도 알 수 있을 텐데. 카메론 행성은 일을 한 만큼 가져가는 곳이라고."

"그렇군요."

수현은 그게 당연하다는 듯이 고개를 끄덕였다.

"그런데 여전히 이해가 안 가는데요."

"뭐가 이해가 안 가지?"

"진돗개 정도 되는 회사가 굳이 다른 곳으로 와서 일해야 하는 게 이해가 안 갑니다. 진돗개 정도면 고용주를 골라 받는 수준 아닙니까? 퍼슨사가 무슨 약점이라도 잡은 게 아니면……."

"약점은 무슨!"

최재호는 펄쩍 뛰었다. 그의 약점은 그의 회사에 너무 자부심을 갖고 있다는 점이었다.

가볍게 건드려도 효과가 충분히 나왔다.

"다 대가를 약속받고 하는 일이지."

"퍼슨사가 팀장님 팀을 고용할 정도로 큰 곳이었나요? 그럴 줄은 몰랐는데……."

"아니, 그 정도는 아니지. 대신 다른 걸 받기로 했지."

수현의 눈빛이 날카롭게 빛났다. 자기 팀과 회사에 대한 자부심 때문에, 최재호는 그가 무슨 말을 하는지 생각하지 못하고 내뱉은 것이다.

"그게 뭐죠?"

"저 나……. 아니, 별거 아니야. 미안하지만 말해줄 수는 없어. 이해하지? 우리는 아직 같은 곳에서 일하지 않잖나."

마지막 순간에서야 최재호는 제정신을 차렸다. 홀린 것처럼 떠들고 있음을 자각한 것이다.

물론 말해 봤자 수현이 그걸 어떻게 할 거라고는 생각하지 못했지만, 이런 건 말하면 안 되는 정보였다.

'카메론 레드우드였나.'

그러나 이미 수현은 눈치를 챘다. 순간 숲으로 돌린 시선과, 흐린 말끝. 그것만으로도 뭘 말하려고 했는지는 알 수 있었다.

'그런데 카메론 레드우드는 왜……?'

카메론 레드우드는 지구에서 비싸게 팔리고, 비교적 희귀한 나무이기는 했다. 그렇지만 진돗개 정도 되는 팀이 다른 곳까지 와서 고생을 하며 얻을 정도라고는 생각되지 않았다.

'주변에 다른 산지가 있었을 텐데…….'

어쨌든 결국 진돗개 팀이 왜 여기에 왔는지는 알아낼 수 있었다. 그들은 이번 일에 대한 보상으로 이 주변에 있는 카메론 레드우드에 대한 일부 권한을 약속받은 게 분명했다.

"내 이야기만 한 거 같군. 자네 이야기도 해보라고.'

'슬슬 빠져야겠군.'

얻을 것도 다 얻어냈으니 이제 굳이 이야기할 필요가 없었다.

"팀장님 정도 되시는 분도 저한테 궁금한 게 있습니까?"

"물론이지."

"뭐든지 물어보시죠!"

'하. 요놈. 미안할 정도로 넘어왔는데…….'

최재호는 그렇게 생각했지만 멈추지는 않았다. 이미 넘어온 먹이. 속은 놈이 바보였다.

'좋은 경험 했다고 생각하라고.'

"그러고 보니 자네 팀은 이동하기 전에 종종 스프레이를 뿌리던데, 그건 역시 탈취제인가?"

"아. 역시 알아보시는군요!"

"내가 여기서 일한 지가 몇 년인데. 그 정도야 알아볼 수 있지. 퍼서스사 제품인가?"

"아뇨. 저기 김창식이라고 선임…… 아니, 선배 한 명 계시는데. 저분이 직접 만든 겁니다. 특제라고 자랑하는데 솔직히 별로 효과는 모르겠어요."

수현은 상사의 뒷담을 하듯이 투덜거렸다. 그러나 그걸 들은 최재호의 눈빛이 반짝였다.

'저놈이었군?'

회사에서 빼내 갈 가치가 있는 인재는 결국 한둘 정도다. 수현처럼 신입 주제에 근거 없는 자신감만 넘치고 불평만 많이 하는 놈은 줘도 데려갈 생각이 없었다.

오히려 그가 뒷담을 하는 저 김창식이라는 놈이 뛰어난 인재였다.

'자체 블렌딩까지 할 줄 안다면 절대로 평범한 놈은 아니겠군.'

"선배 잘못 만나서 고생을 하는군. 뭐 다른 것 가지고 괴롭히지는 않나?"

"군대도 아닌데 그러지는 않죠. 잔소리 많은 거 빼고는 참아줄 만합니다. 여기서는 어떻게 행동하고 저기서는 어떻게 행동하고……. 계속 잔소리하는데 듣기 싫어 죽겠어요."

최재호는 만족스럽게 고개를 끄덕였다. 수현은 마치 준비라도 한 것처럼 원하는 정보를 토해내 주고 있었다.

'엉클 조 컴퍼니에서 데려갈 놈은 저놈이었군.'

"혹시 그 탈취제……. 어떻게 만드는지도 아나?"

"예? 아뇨. 알려주지도 않을뿐더러 저런 걸 뭐하러 배웁니까?"

"그래……."

최재호는 수현을 한심하게 쳐다보지 않으려고 애를 썼다. 덕분에 편하게 정보를 수집하기는 했지만 한심한 건 어쩔 수가 없었다. 앞날이 뻔히 보이는 놈이었다.

'쯧쯧. 너 같은 놈 고용해 준 걸 고맙게 여겨야지…….'

어쨌든 수현이 더 이상 아는 건 없어 보였다. 수현이 워낙 잘 속아 넘어왔기에 스프레이를 갖고 오라고 시키고 싶었지만, 그건 정말 선을 넘는 일이었다. 그랬다가는 뒤에서 총알이 날아올 수도 있었다.

'핵심만 알아내면 접촉하기는 쉽지.'

그런 일을 하지 않아도 방법은 많았다. 김창식이라는 대원한테 접근해서 빼 오면 됐다.

이번 일이 끝나면 저 카메론 레드우드 때문에 이 주변에서 활동해야 했는데, 저 김창식이라는 자가 가진 정보는 매우 큰 도움이 될 것이다.

“그러면 일 열심히 하라고.”

“아, 저, 혹시 진돗개 회사에 들어가는 건…….”

“미안하지만 지금은 그런 걸 말할 시간이 없어. 나중에 내가 다시 말해주지.‘

물론 이제 최재호가 수현에게 말을 걸 일은 없었다.

최재호는 등을 돌리고 걸어갔다. 등 뒤에서 수현이 그를 비웃고 있다는 건 상상하지도 못한 채.

“너 그런데 무슨 이야기를 그렇게 하냐? 저 인간이랑?”

“별 얘기 안 했습니다.”

“저 정도 되는 인간이 그럴 리가 없잖아.”

최재호는 진돗개 2팀의 팀장이었고, 그런 사람이 다른 사람들은 다 내버려 두고 수현에게만 가서 말을 건다는 건 확실히 이상했다.

“혹시 너…….”

김창식의 말에 수현은 긴장했다. 설마 그의 이름을 판 게 걸린 건가?

“스카우트 제안받았냐?!”

"……."

수현은 맥이 풀리는 기분을 느끼며 고개를 저었다. 그걸 들은 다른 대원들이 물었다.

"뭔 스카우트 제안?"

"김수현, 스카우트 제안받았냐?!"

"아니라니까요. 뭔 헛소리를……."

"충분히 가능하지 않나?"

최재호야 수현이 일부러 호구인 척을 했으니 그를 알아보지 못했지만, 여기 있는 대원들에게 수현은 충분히 스카우트 당할 만한 인재였다.

현지에 사는 종족 못지않게 이 주변에 박식한 데다가 싸울 때 보여주는 능력까지 생각한다면 스카우트 당하지 않을 이유가 없었다.

"와. 진돗개 새끼들. 너무하네. 지들은 인재도 많으면서……."

"그 새끼들 팀이 몇 개야? 덩치 크다고 자랑하는 거냐?"

"……."

갑자기 진돗개에 대한 적개심을 불태우는 팀원들을 보며 수현은 어처구니가 없어졌다.

"아니라니깐요. 그냥 말 몇 마디 걸다가 갔는데……."

"그거 다 밑밥이야."

"그래. 분명 스카우트하려고 밑밥 까는 게 분명해."

"뭐……. 김수현 입장에서는 진돗개 가는 게 더 좋지 않나?"

말을 꺼낸 건 뒤에서 따라오며 묵묵히 듣고만 있던 박수용이었다. 박수용의 말은 김창식은 펄쩍 뛰었다.

"아니, 수용이 형. 무슨 말을 그렇게 해요?! 아무리 수현이가 싫어도 그렇지!"

"뭐가? 내가 틀린 말 했나? 까놓고 말해서 여기 있는 놈들 다 돈 벌려고 온 거잖아. 게다가 나나 너는 조 사장한테 의리가 있으니까 나가기가 좀 그렇다 쳐도 김수현은 그런 것도 없어. 그러니까 사람 불편하게 붙잡지 말라고. 네가 그러면 스카우트 받고 나서 쟤가 괜히 눈치 볼 거 아냐."

박수용에게 완전히 논파 당한 김창식은 입을 다물었다. 확실히 맞는 말이었다. 그나 박수용은 원래 조승현과 친분이 있었다지만 수현은 그런 것도 없었으니까.

"그래도 정이 있는데 말리기나 해줘야지……."

"왜 말려? 네가 진돗개만큼 돈 줄 거냐?"

"두 분 다 입 다무시죠."

수현의 목소리가 가라앉아 있었다. 둘은 흠칫해서 앞을 바라보았다. 이건 무언가 일이 생겼을 때 수현이 보여주던 모습이었다.

"뭐야? 무슨 일이야?"

아무것도 발견하지 못한 김창식은 당황해서 주변을 두리

번거렸다.

그러나 수현은 원견 마법으로 원래 캘커타 고릴라가 있을 법한 곳을 확인하고 있었다.

몬스터가 살고 있지만 잠깐 떠난 서식지와, 몬스터가 아예 떠난 서식지는 차이가 났다. 그것도 요령이 없으면 대부분 구분하지 못하지만, 수현은 바로 알아차릴 수 있었다.

저기에 캘커타 고릴라가 살고 있는 게 분명했다.

'없다.'

그러나 놈의 모습은 보이지 않았다. 계속해서 서식지에만 있지는 않을 테니, 어딘가로 이동한 게 분명했다.

"놈의 서식지에 도착했다고 전하십시오. 놈이 이 주변에 없다는 것도요."

보고를 들은 최재호는 차라리 잘됐다고 생각했다. 놈이 있는 곳에 공격을 위해 들어가는 것보다는, 차라리 놈의 서식지에 대기하고 있다가 들어오는 놈을 공격하는 게 더 나았다. 저번처럼 몬스터 몰이를 당하는 꼴은 사양이었다.

"그런데, 여기가 정말 놈이 사는 곳이 맞습니까?"

"저 주변을 보시면 알 수 있을 겁니다."

덩치가 큰 몬스터는 머무르는 것만으로도 흔적을 남긴다. 부서진 잔가지나 납작하게 눌린 수풀 같은 것으로. 이수희는 수현이 미리 말해준 대로, 상황을 설명했다.

그걸 들은 최재호는 여기가 정말로 캘커타 고릴라가 머무르는 곳이라고 납득할 수 있었다.

'설마 이것도 저 김창식이란 놈이 알려준 건가?'

이소희 팀장이 이 주변에 대해 박식하다고는 생각하기 힘들었다. 그녀가 보여준 모습에서 딱히 그런 느낌은 받은 적이 없었기 때문이었다.

파워 아머를 운용하는 파일럿이라는 것만으로도 이미 충분히 가치가 있었다. 작은 회사에서는 파워 아머 파일럿 정도만 되도 팀장으로 일할 수 있었다.

아까 수현의 말 때문에, 최재호는 김창식이 의심스러웠다. 이소희가 대원들을 불러 의견을 구하는 것도 사실은 김창식에게 의견을 물었던 건 아니었을까?

"흠……."

최재호는 일단 이번 일을 처리하고 진지하게 접촉을 해봐야겠다고 생각했다.

"놈이 여기 살고 있다니 잘됐군요."

진돗개 팀의 파워 아머 파일럿 중 한 명이 호전적인 목소리로 중얼거렸다.

캘커타 고릴라가 아무리 강력한 몬스터라고 하더라도 한낱 몬스터에게 농락당해서 패배했다는 굴욕감은 쉽게 지워지지 않았다.

게다가 그들은 신인도 아니었다. 에우터프 지역에서 이름을 날린 그들이었다. 익숙하지 않은 지역이라서 농락당했다는 핑계는 허용되지 않았다.

"그래. 잘됐지. 놈이 돌아오는 순간 바로 공격이다."

그리고 그건 최재호도 마찬가지였다. 저번 실패로 그의 입지가 흔들리지는 않았지만 한 번 더 실패한다면 완전히 체면을 구기게 된다. 회사 내부에서 경쟁이 없는 것도 아니었다. 그런 건 절대 용납할 수 없었다.

최재호의 명령에 따라 용병들이 자리를 잡았다. 정석적인 배치였다. 어느 방향에서 몬스터가 나타나든 간에 유동적으로 움직여서 화력을 집중시킬 수 있는 배치.

"재네 뭐 하는 거냐?"

"감지기 깔잖아요."

"그건 나도 알아. 그런데 그걸 왜 저기로 가서 까는 거냐고."

"여기 주변에 깔아 봤자 의미가 없잖습니까. 사람 눈이 몇 개인데. 저건 여기서 멀리 떨어진 곳 주변에 빙 둘러치는 겁니다."

"감지기 거리가 얼마나 된다고?"

"개수로 커버치는 거죠."

"허 참. 돈 많은 놈들은 다르군."

캘커타 고릴라가 서식지로 돌아올 때, 미리 대기하더라도 캘커타 고릴라 상대로는 알아차리는 게 늦을 수가 있었다.

기술이 아무리 발전해도 카메론 행성의 몬스터가 갖고 있는 감각의 예민함은 상상을 초월했다.

그걸 보완하기 위해 이 지역 주변에 원형으로 감지기를 박아놓는 것이다. 비용이야 많이 들겠지만 진돗개 정도 되는 팀에게는 별일 아니었다.

"어……."

조금 떨어진 곳에 감지기를 설치하고 돌아오던 용병은 갑자기 호출 신호가 울리자 기겁해서 뒤를 돌아보았다.

방금까지 그가 감지기를 놓았던 곳에 거대한 그림자가 어른거리고 있었다. 다행히 나무가 울창하게 사이를 막아주고 있었지만 대형 몬스터 앞에서 그런 건 순식간에 부서질 장애물에 지나지 않았다.

"캘, 캘커타 고릴라!"

호출 신호는 다른 이들도 공유하고 있었다.

당황한 동료가 보내는 무선과 감지기에서 나온 호출 신호. 더 이상 의심할 이유가 없었다.

"놈이 왔다! 움직여!"

수현의 직감은 제대로 맞아떨어졌다. 진돗개와 코드 그린 팀이 잡으려고 했던 캘커타 고릴라는 수현을 쫓던 암컷 캘커타 고릴라였다. 짝을 잃고 복수심으로 주변을 휩쓸고 다니는 것까지 정확하게 일치했다.

서식지로 돌아온 캘커타 고릴라는 무언가 이상이 생겼다는 걸 눈치챘다. 후각은 수컷보다 약하더라도 암컷 캘커타 고릴라는 그 외의 뛰어난 능력을 가지고 있었다.

몬스터만의 육감과, 살기를 풍기며 대기하고 있는 인간 무리로 인한 위화감…….

인간은 논리적으로 판단하고 결론을 내리지만 몬스터는 본능적으로 눈치를 채고 행동한다. 캘커타 고릴라는 서식지에 누군가 와 있다는 걸 깨달았다.

그러나 캘커타 고릴라는 복수심으로 멍청해지지는 않았다. 저번 싸움에서 교훈을 얻은 건 인간이 아니라 놈이었다.

맨몸의 인간 정도는 그대로 찢어발길 수 있었지만, 파워 아머와 정면으로 부딪치는 건 위험했다.

저번 싸움에서 몬스터를 불러 모으고 여러모로 인간들을

찢어 놓았는데도 아슬아슬했던 것이다.

결국 전부 죽이지도 못하고 모여서 후퇴하는 인간들을 그냥 내버려 둬야 했다. 이번에는 절대로 그럴 생각이 없었다.

"엉클 조 컴퍼니는 왼쪽, 코드 그린은 오른쪽! 놈을 포위한다! 이번 기회를 절대 놓치지 마!"

최재호는 가볍게 흥분해 있었다. 저번 캘커타 고릴라 사냥이 실패한 건 결국 놈을 찾지 못해서였다.

놈은 숨어서 그들을 야금야금 갉아 먹어갔지만, 그들은 놈을 찾지 못했던 것이다.

정면으로 맞붙었다면 아무리 캘커타 고릴라라도 이기지 못할 이유가 없었다.

'놈을 놓치면 일이 귀찮아진다!'

한 번 정글로 도망친 몬스터를 찾는 건 거의 불가능에 가까운 일이었다. 만약 놓치게 된다면 그들은 또 캘커타 고릴라와 지루한 장기전을 각오해야 했다.

-크아아아아앙!

"으아아아! 이런 빌어먹을!"

진돗개의 팀원 중 파워 아머 파일럿 둘이 먼저 앞으로 뛰어 나갔다.

부스터를 켜고 주변의 거치적대는 걸 치운 후 앞으로 돌진했다. 지원하러 나온 동료를 발견한 용병은 죽었다 살아나기라도 한 것 같은 표정을 지었다.

뒤에서 캘커타 고릴라가 쫓아오고 있으니 당연한 일이었다.

"죽여 버려!"

독일제 민수용 파워 아머 모델, 판터 파워 아머는 준수한 성능으로 용병들 사이에서 인기가 좋았다.

두 파일럿은 오랫동안 쌓아온 경력을 자랑하기라도 하듯 기민하게 움직였다. 양옆으로 갈라져서 놈을 혼란스럽게 한 후 동작을 묶어버리는 것이다.

투투투투투투-

자체 내장된 기관총에서 불꽃이 튀었다.

캘커타 고릴라는 뒤로 훌쩍 점프하며 얼굴을 팔로 가렸다. 두꺼운 팔에 묵직한 탄환 세례가 꽂혀 들어갔다.

"계속 때려 박아! 막아 봤자 곧 무너진다!"

"알고 있어, 이 자식아!"

동료가 쏘고 있는 동안, 다른 파워 아머 파일럿은 캘커타 고릴라에게 접근하려고 했다. 둘이면 모를까 지금 뒤에서 파워 아머 두 대와 지원이 달려오고 있었다. 근접전으로 붙어서 묶어놓기만 해도 이익이었다.

"덤벼봐, 이 건방진 몬스터 새끼!"

-크헝!

"어? 저 새끼 튄다!"

"못 튀게 막아!"

거리를 벌린 캘커타 고릴라는 조준을 흩뜨리기 위해 지그재그로 움직이며 정글 사이를 질주하기 시작했다. 파일럿들은 이를 갈며 물었다.

"놈이 도망칩니다! 어떻게 하죠?"

"그걸 질문이라고 하냐! 무조건 막아! 육탄전이라도 시도해! 어차피 두 대 더 있다. 발만 묶어도 된다고!"

'말이 쉽지…….'

파일럿들은 속으로 혀를 찼다. 싸우는 건 자신이 있었지만 저렇게 민첩하게 지형을 이용해서 도망치는 놈의 발을 묶는 건 또 다른 일이었다.

그러나 어쩔 수 없었다. 어떻게든 하긴 해야 했다. 그들도 지금 상황을 잘 이해하고 있었다. 저놈을 한 번 놓치면 이제 또 지루하게 쫓아다녀야 한다는 것을.

쿵!

마침 때맞게 코드 그린의 오병환 팀장이 파워 아머를 몰고 나타났다.

그는 통신으로 말하는 대신 파워 아머의 팔을 뻗어 앞을 가리켰다. 굳이 더 설명할 필요가 없는 명백한 신호였다.

놈을 쫓는다.

"씨발. 쫓다 보면 놈도 지치겠지!"

세 파일럿은 일사불란하게 캘커타 고릴라의 뒤를 쫓기 시작했다.

"진짜 이래도 되는 거냐?!"

"가고 싶으면 가셔도 됩니다. 전 뒷일 책임 안 져요."

그러는 동안에, 엉클 조 컴퍼니의 대원들은 제자리에서 움직이지 않고 있었다.

수현은 바렛트 M110을 꺼내 조립을 마쳤다. 옆에서 지켜보던 박수용이 감탄할 정도로 빠르고 정확한 조립이었다.

'놈 같은 몬스터를 상대할 때 쓰려고 샀지만, 진짜 놈에게 쓰게 될 줄이야.'

"아니, 네가 가지 말라면 안 가는 게 맞겠지만……."

수현의 말에 대원이 말끝을 흐렸다. 이제까지 수현이 보여준 판단은 한 번도 틀린 적이 없었다. 그런 수현이 저렇게 말하니 강하게 반박할 수가 없었던 것이다.

"아예 안 움직일 수는 없다고. 계약 위반으로 걸리면 골치 아파지잖아."

"가긴 갈 겁니다."

“……?”

대원들은 수현의 말에 이해가 가지 않는다는 표정을 지었다. 갈 거라면 지금 힘을 합쳐서 가야 할 것 아닌가.

통신으로 처음 캘커타 고릴라를 발견한 대원이 무사히 합류했다는 소식을 들었을 때, 수현은 이미 상황을 짐작했다.

지금 캘커타 고릴라는 인간들을 함정으로 이끌고 있었다.

놈이라면 그렇게 떨어진 인간 한 명 정도는 파일럿들이 도착하기 전에 죽일 수 있었다. 그런데 놈을 도망치게 내버려 두다가 파일럿들이 도착해서 공격하니까 꽁지를 내리고 도망친다?

이건 너무 노골적이었다.

인간이 학습을 하듯 몬스터도 학습을 한다. 저번 파워 아머와 맞부딪힌 몬스터가 저런 식으로 유인을 할 때라면, 분명 어떤 수단이든 간에 나름 상대할 계산이 섰다는 걸 의미했다.

그에 비해 최재호와 오병환은 너무 조급했다. 실력에 대한 자신이 있는 건 좋았지만 여긴 카메론 행성이었다.

익숙한 곳에서도 변수가 튀어나오는데, 익숙하지 않은 곳에서는 더더욱 조심해야 했다.

철컥!

“이제 갑시다. 포메이션은 그대로입니다. 저하고 김창식이 앞에, 박수용하고 정성재는 옆에. 김동욱하고 고르간은 뒤에. 파워 아머를 기준으로 움직이십시오. 여차하면 믿을 구석은 파워 아머니까."

이 정도 시간 차이를 두고 움직이면, 캘커타 고릴라가 만든 함정은 두 팀이 먼저 밟아줄 것이다. 수현은 그걸 보고 대응할 생각이었다. 이기적이라고 해도 할 수 없었다.

'멋대로 달려든 놈이 바보지.'

이제 수현이 지시를 한다고 해서 이상하게 생각하는 사람은 없었다. 수현의 말이 떨어지자 대원들은 일사불란하게 움직이기 시작했다.

"이 X같은 정글!"

파일럿들은 이를 갈며 캘커타 고릴라를 쫓고 있었다.

정글의 지형은 몬스터가 인간을 쫓을 때도 방해되지만, 인간이 몬스터를 쫓을 때도 마찬가지였다. 울창한 나무들만 아니었어도 진작 놈을 따라잡았을 것이다.

캘커타 고릴라는 나무와 나무 사이를 뛰어오르며 공격을 피했다. 덩치가 덩치인지라 한 번 도약할 때마다 나무가 부서져 나갔지만 캘커타 고릴라는 전혀 신경 쓰지 않았다.

놈의 뒤를 끈질기게 쫓던 파일럿들은 드디어 기회를 발견했다. 저 멀리, 울창한 나무들이 사라지고 캘커타 정글 지대에서는 보기 드문 공터가 보인 것이다.

저 넓은 곳으로 놈을 유도한다면 화력을 집중할 수 있었다.

셋의 생각은 일치했다. 그들은 캘커타 고릴라가 눈치채지 못하도록 섬세하게 놈을 유도하려 들었다. 정작 그들이 유도당하고 있다고는 상상하지 못하고.

'드디어!'

시야를 가려주던 나무가 사라지자 캘커타 고릴라가 당황한 듯이 고개를 두리번거리며 높게 뛰었다. 공터 가운데에 나무 한 그루가 있었던 것이다.

그걸 본 파일럿들은 비웃었다. 울창한 정글 속에서나 저런 회피가 의미가 있지, 이렇게 공터에서 저기로 뛰어 봤자 의미가 없었다.

그들도 바로 정글을 뛰쳐나왔다. 거리를 좁혀서 착지한 후 엄폐물이 없어진 놈을 두들겨줄 생각이었다.

푹!

"……?!"

단단한 땅에 착지했을 때 느껴져야 할 감각이 아닌, 어딘가 기울어지고 가라앉는 곳에 착지한 감각이 느껴졌다.

"뭐야?!

"늪이다?!"

전혀 늪처럼 생기지 않은 땅의 겉모습.

그러나 그들은 지금 가라앉고 있었다. 가운데의 나무에 매달렸던 캘커타 고릴라는 어느새 그 나무를 부수고 공터의 가장자리로 벗어나 있었다.

파일럿들은 캘커타 고릴라가 그들을 비웃고 있다는 걸 깨달았다. 그러나 그들은 분노할 여유도 없었다. 바로 뒤에서 오고 있을 본대에 연락을 취했다.

"함정입니다!"

–뭐?! 그게 무슨 소리야?!

거리를 직선으로 주파하며 팀원들과 따라붙고 있던 최재호는 믿을 수 없는 무선에 당황해서 물었다.

"늪에…… 늪에 빠졌습니다."

'늪이라고?'

직접 보지 않았기에, 최재호는 그들이 왜 늪을 알아보지도 못하고 뛰어들었는지 탓하는 마음이 들 수밖에 없었다. 그러나 지금은 추궁할 때가 아니었다.

–부스터로 빠져나와!

"그게…… 부스터로도……."

착지 때 충격으로 인해 기체의 절반이 잠기자, 부스터로도 빠져나올 만큼 만족스러운 추진력을 얻을 수가 없었다.

보통 늪이 아니었던 것이다. 그제야 최재호는 상황의 심각함을 파악했다.

"이런 개같은……."

카메론 행성에서는 언제나 상상치도 못한 것들이 튀어나오고는 했다. 에우터프 지역에서 주로 활동하던 그들은 무의식적으로 그 지역 주변의 상식에 맞춰서 이쪽을 생각하고 있었던 것이다.

–버틸 수는 있나?

"예!"

–알겠다. 바로 지원에 들어갈 테니 버티고만 있어라! 지금 엉클 조 컴퍼니는 뭐 하고 있는 겁니까?!

오병환이 파일럿이라 코드 그린의 팀원들은 진돗개 팀원과 합류해서 움직이고 있었다. 그러나 엉클 조 컴퍼니의 팀원들은 보이지 않았다.

최재호가 신경질적으로 그들을 불렀다.

–움직이고 있습니다. 거의 도착했습니다.

–목적지 주변에 늪 형태의 함정이 있습니다. 파워 아머는 주의해야 할 겁니다.

최재호는 그 말을 끝으로 더 이상 말하지 않았다. 지금 가장 최우선적으로 신경 써야 할 건 아군의 파워 아머였다. 늪

게 온 이들은 나중에 따져도 됐다.

"저 개새끼가!"

파일럿 중 한 명이 신경질적으로 캘커타 고릴라를 향해 발포했다. 그러나 캘커타 고릴라는 이미 공격을 예상하고 있었는지 뒤로 거리를 벌렸다. 그리고 숲 속에서 거대한 바윗덩이가 날아왔다.

"큭!"

제대로 조준이 되지 않았지만 그것만으로 위협적이었다. 옆에 던져지는 바윗덩어리를 보며 파일럿들이 욕설을 내뱉었다. 간신히 더 이상 가라앉지 않을 수는 있었지만 빠져나갈 수가 없었다.

"팀장님!"

뒤에서 나타난 대원들을 본 파일럿들이 외쳤다. 때맞춰 나타난 아군은 그들을 지옥에서 구해주려고 온 천사처럼 보였다.

"이런 얼간이 같은 새끼들. 기다려! 지금 꺼내줄 테니까!"

"앞에 놈이 있습니다."

"알고 있다. 걱정하지 마라."

파워 아머를 구출하는 게 우선이기는 했지만, 최재호는 앞에 적이 있다는 걸 잊는 사람이 아니었다. 그가 신호하자 코드 그린의 대원들이 사격을 준비했다.

중화기로 무장한 그들은 충분히 캘커타 고릴라를 견제할 수 있을 것이다.

"로프를 박아! 장비가 있으니 다행이지……."

말을 하면서도 최재호는 앞으로 시선을 고정시켰다. 캘커타 고릴라가 나타나면 가장 먼저 그의 초능력이 필요했다. 초능력은 몬스터를 상대로 언제나 유효하다.

두두두두두-

"……?"

멀리서 울리는 진동음, 캘커타 고릴라가 움직일 때 나는 소리가 아니었다. 무언가 더 많은 무리가 움직일 때 나는 소리였다.

그리고 울창한 정글 사이에서 캘커타 랩터들이 뛰어나왔다.

캘커타 고릴라에게 쫓겨 도망치던 그들이, 인간을 발견하자 난폭하게 변했다.

"……씨발."

누군가의 입에서 나직하게 욕설이 흘러나왔다. 누가 먼저라고 할 것도 없이, 그들은 깨달을 수 있었다. 일이 저번처럼 흘러가고 있다는 것을.

"개판 났군."

가장 앞에서 움직이던 수현이 중얼거렸다. 아직 거리가 남았지만, 원견 마법으로 일의 상황을 확인할 수 있었다.

이쯤 되면 용병들이 멍청한 게 아니었다. 캘커타 고릴라가 몬스터치고 지나치게 똑똑한 것이었다.

밀린 척 연기에, 지형지물까지 이용하다니.

숙련된 게릴라라고 봐도 모자라지 않을 정도로 대단한 지능이었다.

수현은 잘 알고 있었다. 저런 놈을 살려두면 내내 귀찮아진다는 것을.

'오늘 끝낸다.'

원거리에서 저격하는 게 가장 깔끔했지만, 놈을 확실하게 못 죽일 수도 있었다. 놈의 지능을 봤을 때 놈은 멀리서 저격을 당하면 무조건 도망칠 것이다.

"이소희 팀장님. 말을 들어보니 그 주변에는 함정 늪이 있는 것 같습니다. 사람의 경우 빠져도 도와주는 사람만 있으면 나올 수야 있는데, 파워 아머라면 정말 곤란해질 겁니다. 특히 주의하세요."

"늪 정도면 파워 아머로 나올 수 있지 않나?"

"여긴 카메론이고, 카메론의 늪은 지구와는 다르니까요."

"지옥늪이군."

뒤에서 고르간이 중얼거렸다.

"지옥늪? 오크들 사이에서는 그렇게 부르나?"

"한 번 빠지면 나올 수 없는 늪이 있다고, 부족의 노인 중 한 명이 이야기해 준 적이 있다."

"궁금하긴 한데 그건 나중에 듣자고. 여기서 더 시간을 끌었다가는 우리도 위험할 테니까!"

캘커타 고릴라는 작정이라도 한 것처럼, 사방으로 움직이며 몬스터들을 몰고 있었다. 용병들 자체의 전투력이 워낙 뛰어나니 아직은 괜찮았지만, 이들도 사람인 이상 결국 몬스터보다 빨리 지칠 수밖에 없었다.

최재호는 초조함을 느끼고 있었다. 랩터들을 처리하는 건 문제가 없었다. 그들은 거리를 좁히지도 못하고 박살이 났으니까. 문제는 이 공격이 끝이 없다는 점이었다. 제1파를 막아내도 2파, 3파가 계속해서 들어왔다.

이 주변에 몬스터가 이렇게 많다고는 생각지도 못했었다. 캘커타 고릴라는 어디서 놈들을 몰아오는지 지치지도 않고 몬스터를 보내댔다.

아직 전면에서 나서지는 않았지만 기회만 보이면 놈도 분명히 난입할 것이다.

원래라면 후퇴했을 것이다. 자존심이 상하긴 했지만 최재호는 이런 상황에서 고집을 부릴 사람이 아니었다.

그러나 지금은 파워 아머 세 대가 모두 늪에 발이 묶여 있었다. 저걸 두고서 빠져나갈 수는 없었다.

"……!"

다른 방향에서 나타난 한 무리의 랩터가 무난히 처리되자 최재호는 초능력을 쓸 상대를 찾아 시선을 돌렸다. 위협적인 상대는 먼저 초능력으로 공격을 해둬야 했다.

'트롤까지……!'

멀리서 쿵쾅거리며 돌진을 시작한 트롤을 본 순간 최재호는 초능력을 사용할 준비를 했다. 놈은 현대 화기로는 얻어맞더라도 죽기 전에 날뛸 힘이 있었다.

부상 입은 놈이 발광하기라도 한다면 대열은 그대로 흐트러진다.

퍽!

최재호의 초능력 사용은 완벽했다. 거리를 좁히며 달려오던 트롤의 머리에 불꽃이 터지듯이 타올랐다.

화기로는 만들어낼 수 없는 특수한 화염에 트롤은 비명을 질렀다.

최재호는 안도의 한숨을 내쉬었다.

"모두 피해!"

"……?!"

그러나 캘커타 고릴라의 노림수는 트롤이 아니었다. 놈은 몬스터들로 이목을 돌린 후 정글을 우회해서 대원들을 직접 노린 것이다. 파워 아머는 늪에 빠진 데다가 대원들을 사이에 끼고 있어 지원이 불가능했다.

"이런 빌어먹……."

최재호는 바로 초능력을 사용해서 캘커타 고릴라의 몸통에 불꽃을 폭발시키려고 했지만 한 차례 늦었다. 목표 주변에 직접 불을 붙이는 방식은 몸 주변에서 만들어서 쏘아내는 방식보다 시간이 걸렸다.

그사이 캘커타 고릴라는 두 번의 공격만으로 코드 그린의 대원들을 박살 내버렸다.

"크아아아악!"

파워 아머와 최재호 때문인지 캘커타 고릴라는 더 이상의 공격은 하지 않고 바로 뒤로 뛰었다.

그러나 그것만으로도 충분했다. 장비를 설치하고 화력을 퍼붓던 코드 그린 대원들은 흩어져서 신음하고 있었다. 무기는 박살이 났고 중상을 입은 대원들도 심상찮게 보였다.

최재호는 처음으로 위기감을 느꼈다. 이대로 간다면 전멸할지도 모른다는 위기감.

엉클 조 컴퍼니가 현장에 도착한 건 바로 그 순간이었다.

수현은 대원들에게 어떻게 행동해야 할지 미리 다 말을 해 놓은 상태였다. 팀장으로서 제재할 수도 있었지만, 이소희 팀장은 그러지 않았다. 그녀는 이미 수현의 실력을 인정하고 있었다.

'바로 합류하지 마시고 입구에서 정지하십시오. 도와주고 싶다고 해서 달려들 생각은 하지도 마시고요. 파워 아머를 중심으로 움직여야 합니다. 입구에서 견제를 하는 것만으로도 놈은 함부로 움직이지 못할 겁니다. 조심성이 많은 놈이니까요.'

흑곰은 몇 가지 문제만 빼면 충분히 위협적인 파워 아머였다. 자리를 잡고 뒤에서 화력 지원형으로만 사용한다면 그 가치는 충분했다.

현장에 있던 용병들은 늦게 나타난 것에 대해 따질 힘도 없었다. 다시 나타난 랩터들을 처리해 주는 엉클 조 컴퍼니 대원들에 대해 고마움을 표할 뿐.

가슴을 쓸어내리던 최재호는 순간 한 명이 없어졌다는 걸 깨달았다.

'어?'

예상치 못한 지원군이 나타났지만 캘커타 고릴라는 포기하지 않았다. 이미 승기를 잡았다고 생각했기 때문이었다. 혹여나 불리한 상황이 오더라도 후퇴할 자신이 있었다.

"신이 났구나. 아주."

"……?!"

뒤에서 들린 목소리. 캘커타 고릴라는 본능적으로 몸을 돌렸다. 보이는 것은 인간 한 명뿐. 캘커타 고릴라는 바로 팔을 들어 놈을 후려치려고 했다.

그러나 몸이 움직여지지 않았다.

"원래 저격이라면 멀리서 하는 게 보통이지만, 이렇게 가까이 와서 하는 건……."

수현은 한 걸음 가까이 다가갔다. 캘커타 고릴라의 사지를 결박하느라 순식간에 힘이 빠져나갔다. 총구를 들어 올리자 놈의 움직임이 더욱 격렬해졌다.

"멀리서 쏘면 네가 한 방에 안 죽고 도망갈 수도 있거든."

순간 캘커타 고릴라는 이 눈앞의 인간을 어디서 본 것 같은 느낌을 받았다.

"잘 가라."

굉음이 들렸다. 캘커타 정글 지대를 주름잡으며 침입자를 공포에 떨게 만들었던 캘커타 고릴라의 숨통을 끊은 건 단한 발의 총알이었다.

"후."

살려뒀으면 이 지역을 돌아다닐 때마다 언제 어디서 그를 귀찮게 할지 모르는 몬스터였다. 초능력을 과하게 소모하기는 했지만 그럴 만한 가치는 있었다.

'대충 정리가 됐나.'

그 혼잡하던 전황이 캘커타 고릴라 하나를 잡자 모두 정리되었다. 정신없이 당하다가 간신히 숨을 돌리고 있던 용병들도 마찬가지였다.

몬스터를 정리한 수현은 신경을 예민하게 곤두세우고 있는 대원들과 합류하기 위해 움직였다.

수현이 돌아왔을 때에는 이미 상황이 어느 정도 정리가 되어 있었다. 사방에는 박살이 난 몬스터들의 사체가 흩어져 있었고, 간신히 상황을 수습한 대원들은 이후에 있을 싸움을 준비하고 있었다.

그런 와중에 수현이 숲에서 나오자 모두의 시선이 그쪽으로 쏠렸다.

"잡았냐?!"

김창식은 큰 목소리로 외쳤다. 수현이 따로 단독 행동을 한다고 말했을 때 모두 반신반의를 했지만, 그중 수현이 뭔가 할 거라고 가장 크게 믿은 건 김창식이었다.

이미 트롤 사냥 때 수현의 능력을 본 그였다.

캘커타 고릴라가 괴물이라고 하지만, 김창식이 보기에는 수현도 만만찮은 젊은 괴물이었다. 그런 수현이 따로 움직인다면 분명 자신이 있기 때문이라고 생각했다.

수현은 대답 대신 고개를 끄덕였다. 만약에 대비해 초능력 사용을 최소한으로 하긴 했지만, 그래도 피곤한 건 어쩔 수 없었다. 염동력은 초능력 중에서도 피로가 큰 편이었다.

"뭘……?"

엉클 조 컴퍼니의 팀원들은 수현이 뭘 하러 들어갔는지 알고 있지만, 다른 용병들은 알지 못했다. 그들은 수현이 숲에서 나오고, 뭘 잡았다고 하자 바로 파악을 하지 못하고 당황스러워했다.

"캘커타 고릴라지 뭐겠습니까."

"뭐?!"

엉클 조 컴퍼니의 팀원 중 한 명이 말하자 최재호는 놀라서 펄쩍 뛰었다. 저 주제 모르는 신입이 혼자 캘커타 고릴라를 잡았다는 말은, 파워 아머 하나로 드래곤을 잡았다는 말이나 동급으로 여겨졌다.

"캘커타 고릴라를 잡았다고?!"

"사체는 안쪽에 있습니다. 가서 보면 되겠지만……. 지금 당장 그럴 여유가 없어 보이는데요. 급속 치료제 있습니까?"

현장에 있는 용병 중 멀쩡해 보이는 사람은 엉클 조 컴퍼니의 용병밖에 없었다.

코드 그린 팀은 용케 사망자가 안 나왔다 싶을 정도로 엉망이 되어 있었고, 진돗개 팀도 최재호라는 초능력자가 있었으니 망정이지 그가 없었다면 코드 그린 팀과 비슷한 꼴이 되어 있었을 것이다.

급속 치료제. 카메론 행성에서 나온 자원들은 새로운 기술의 발전을 불러왔다. 급속 치료제도 그중 하나였다.

강력한 재생력을 가진 몬스터의 부산물을 사용해서 만든 치료제로, 어지간한 외상은 치료 가능한 효과를 보장했다.

물론 그만큼 가격도 어마어마했지만, 이 정도 팀이라면 비상용으로 몇 개 정도는 갖고 있을 것이다.

그러나 코드 그린의 팀원은 고개를 저었다. 그는 누워서 일어나지 못한 채 박살이 난 장비를 가리켰다. 캘커타 고릴라가 습격해 왔을 때 박살이 난 건 중화기뿐만이 아니었다. 그들이 갖고 왔던 짐도 같이 박살이 난 것이다.

'쐐기를 박을 때가 왔나? 어차피 이건 숨길 생각이 없었지만…….'

초능력자인 걸 영원히 숨기고 있을 생각은 없었다.

인류 최초의 마법사라는 사실은 지금 밝혔다가는 온갖 암

투에 휘말리게 될 테니 숨기고 있었지만, 초능력자라는 사실은 그다지 숨길 이유가 없었다. 희소할 뿐이지 초능력자라는 사실은 장점이나 다름없었다.

다만 언제 어디서, 어떤 초능력을 사용할 수 있다는 걸 밝혀야 할지 고민했을 뿐.

역시 가장 적당한 건 치유 능력이었다. 염동력은 몰래 사용하면 됐지만 치유 능력은 사용하면 숨길 수가 없었다.

이번 일에서 엉클 조 컴퍼니는 이미 충분한 공을 세웠다. 어떻게 하더라도 넘어갈 수 없을 정도로.

두 팀이 함정에 빠져서 허우적거리는 동안 그들은 사태를 파악하고 제대로 대처했으며, 거기에 가장 큰 목표인 캘커타 고릴라까지 처리했다.

여기에 쐐기를 박아 넣는다면 바로 지금이었다. 힘을 별로 들이지 않고도 크게 은혜를 베풀 찬스.

"양팔 들어 올리시고."

"뭐하는 거야?"

"힘 빼세요. 자."

"커헉?!"

캘커타 고릴라한테 맞은 탓에 갈비뼈부터 시작해서 중상을 입은 대원은 갑자기 치밀어 오르는 고통에 신음했다. 치유 능력이 고통마저 마비시켜주는 건 아니었다. 상처는 치료해 주지만 갑작스럽게 낫는 고통은 받는 사람이 감당해야 했다.

그걸 본 최재호의 눈이 더 이상 커질 수 없을 정도로 크게 떠졌다. 수현의 손에서 나오는 흰빛과 그 빛이 닿자 바들바들 떠는 대원. 그가 이걸 못 알아볼 리 없었다.

저건 치유 능력이었다!

'초능력자였나?!'

"숨 쉬어집니까?"

"예? 예……."

"잘됐네요. 비켜요. 다음 사람."

"아, 아니. 난 괜찮은 거 같은데……."

다리가 부러졌지만, 먼저 치료를 받은 동료가 죽어라 비명을 질러댄 걸 보자 갑자기 별로 심한 부상 같지가 않았다.

"무슨 헛소리를. 돌아갈 때 민폐 끼치시려고? 자. 힘 빼시고."

"끄아아아아아악!"

수현은 그렇게 코드 그린 팀의 중상자를 하나씩 치료했다. 그마나 다행인 것은 캘커타 고릴라가 복잡한 특수 능력을 쓰는 놈이 아니었다는 점이었다. 그랬을 경우 힘이 몇 배는 소모되었을 것이다.

"진돗개 팀에도 다치신 분 있으신지?"

대원들은 질린 표정으로 고개를 저었다. 그러나 최재호는 그런 반응보다 먼저 사실을 확인하려고 했다.

"치유 능력자였나?!"

"네? 네."

"그, 그런데 왜 말을 하지 않았지?"

"힘이 있어도 자랑하고 다니지 말라는 게 가훈이라서요?"

'그게 뭔 개소리야!'

당당한 얼굴로 개소리를 하는 수현의 모습을 보자 혈압이 올랐지만, 지금은 그럴 때가 아니었다. 최재호의 머리는 팽팽하게 돌아갔다.

지금 상황에서 최선의 이익을 누리기 위해서는?

"대단히 훌륭한 가훈이군."

"저도 그렇게 생각합니다."

저번 대화에서는 공손하던 수현의 태도가 다시 원래대로 돌아왔지만, 최재호는 눈치채지 못하고 있었다.

"캘커타 고릴라는? 자네가 잡은 건가? 정말로?"

"가서 확인해 보시면 이 총으로 잡았다는 걸 알 수 있을 겁니다."

수현이 등에 지고 있는 저격총이 대몬스터용으로 만들어진 물건이라는 것 정도는 짐작할 수 있었다. 그러나 저런 무기 하나만으로 몬스터 처리가 가능하다면 인류는 이렇게 고생을 하지 않았다.

최재호는 수현이 대체 어떤 방법을 써서 잡았는지 상상할 수가 없었다.

당황스럽고 혼란스러웠지만, 최재호는 마음을 가다듬었다. 지금 해야 할 일은 따로 있었다.

"좋아. 파워 아머부터 꺼낸다! 저 멍청한 두 놈 당장 건져 내! 이소희 팀장님, 혹시 괜찮으시다면 코드 그린 팀의 파워 아머를 꺼내는 걸 도와주시겠습니까?"

진돗개 팀이야 자력으로 꺼낼 수 있다지만 코드 그린은 한 번 박살이 나서 그런지 아직도 정신을 차리지 못한 것 같았다. 게다가 그들을 이끌어야 할 팀장은 늪 속에서 허우적거리고 있었으니까.

이소희는 고개를 끄덕였다.

최재호가 예의 없는 사람은 아니었지만, 지금 그의 태도는 한층 더 조심스러워져 있었다. 이번 일에서 엉클 조 컴퍼니 팀이 한 일들을 잘 알고 있었기 때문이었다.

몬스터가 없으니 일의 수습은 쉬웠다. 늪에 빠져서 나오지 못하던 파워 아머 파일럿들은 곧바로 나올 수 있었다. 그들은 부끄러움으로 얼굴을 붉히고 있었다.

"어떻게 됐든 간에 일은 끝났다. 안에 놈의 사체가 있으니 확인하고 가지고 와. 너는 혹시 모르니 저쪽에서 경계를 맡고.”

“예.”

최재호의 명령에 부하 둘이 나누어서 움직였다.

코드 그린의 파워 아머 파일럿은 팀장이었고, 지금 그 팀장은 팀을 수습하느라 정신이 없었으니 이런 일을 시키기가 힘들었다. 이소희 팀장의 경우에는 더더욱.

“찾았습니다!”

“……!”

설마 가서 보기만 해도 바로 확인이 되는 일을 거짓말하지는 않았으리라고 생각했지만, 그래도 정말로 시체가 있다는 말을 듣자 놀라울 수밖에 없었다.

얼마 지나지 않아 파일럿이 캘커타 고릴라의 사체를 끌고 나타났다.

‘이건 대체…….’

놈의 사체에는 다른 흔적이 없었다. 파워 아머와 산발적인 교전을 했지만, 그건 놈 특유의 방어력으로 견뎌낸 덕분인지 그에 대한 상처는 보이지 않았다.

보이는 상처는 단 하나. 거대한 총탄이 뚫고 지나간 상처뿐이었다. 정확히 급소를 꿰뚫기는 했지만 믿을 수가 없었다.

물론 몬스터도 급소를 공격당하면 죽는다.

그러나 그걸 놈들도 잘 알고 있기 때문에 급소를 보호하면서 싸우지 않는가? 캘커타 고릴라 정도 되는 놈의 급소를 기습하는 건 사실상 불가능한 일이었다.

놈이 몸을 단단하게만 만들어도 파워 아머의 공격을 어느 정도 견뎌낼 수 있는데…….

"팀장님?"

"아. 미안하다. 그러면 이동하자. 여기 계속 있을 수는 없으니까."

대체 어떻게 잡은 건지 고민하던 최재호는 부하의 목소리에 겨우 정신을 차렸다.

그는 캘커타 고릴라의 시체를 챙긴 후 다른 팀에게 이동 명령을 내렸다. 이해가 가지 않는 일밖에 없었지만 일단 임무는 성공한 것이다. 고민은 돌아가서 해도 됐다.

"치유 능력자였다고?"

보고를 들은 조승현은 골치가 지끈지끈 아파오는 느낌을 받으며 머리를 문질렀다. 지금 회사에서 그를 혼란스럽게 만드는 건 한 명밖에 없었다.

김수현. 분명히 인재는 인재인데 보여주는 모습을 보면 대체 이놈이 왜 여기에서 이러고 있나 싶은 것이다. 임무의 성공을 기뻐할 틈도 없이 조승현은 이 일을 어떻게 처리하나 고민에 빠졌다.

"놈들이 미치지 않고서야 스카우트 제안, 바로 들어오겠지?"

"당연히……."

진돗개, 코드 그린.

두 회사 다 인재 하나 정도는 바로 스카우트할 능력이 있는 회사였다. 초능력자, 그것도 그중에서 누구나 원하는 치유 능력자.

단지 그뿐만이 아니었다. 김수현은 그 능력을 제외하고서도 충분히 가치가 있는 놈이었다.

차라리 처음부터 다른 곳에 갔거나, 초능력자인 걸 밝히고 들어왔다면 그에 걸맞은 제안을 했을 텐데. 처음에는 순진무구한 신입으로 들어왔다가 이렇게 터져 나오니 따라갈 수가 없었다.

"끙……."

그도 사업가였다. 수현이 어떻게 여기에 왔던 간에 자기 회사에 온 인재를 다른 곳에 쉽게 뺏길 사람이 아니었다.

"어떻게 생각해?"

"……?"

"이놈이 왜 우리 회사에 들어온 거 같냐고. 그것도 초능력자인 걸 숨기고. 설마 도중에 각성했을 리는 없잖아?"

무의식중에 진실을 말한 조승현이었지만 그는 알 방법이 없었다. 이소희는 잠깐 생각하다가 대답했다.

"부모 모두 카메론 행성 주둔군 군인이었던 것 같습니다. 들어보니 일반 사병은 아니었던 것 같은데……."

"특수 쪽? 그거랑 뭔 상관이지?"

"그런 부모 밑에서 컸다면 일반적인 사고방식과는 다른 사고방식을 갖고 있을 수도 있을 것 같습니다만. 대형 용병 회사는 괜찮은 곳이지만, 문제가 없는 곳은 아니잖습니까?"

"신입이 크기 힘들다고? 그거야 그렇지만 김수현은 치유능력자라고. 아무리 크기 힘들어도 저건 별개지."

"어느 정도까지는 쉽겠죠. 그렇지만 그 이상 위로 올라가긴 힘들잖습니까."

어느 정도 덩치가 있는 회사는 안에서 체계가 잡혀 있는 경우가 대부분이었다. 수현 정도 되는 인재가 들어간다고 하더라도 낮은 팀의 팀장 정도는 될 수 있겠지만 그 이상으로는 이미 자리가 차 있어서 힘들 게 분명했다.

"소꼬리보다는 닭의 볏을 노렸다고……?"

11장
보상과 변화(1)

물론 아예 불가능한 방식은 아니었다.

그러나 실제로 따져본다면 말도 안 되는 방식이었다. 어떤 사람이 그렇게 멀리 보고 일을 정하겠는가?

새로 시작하는 용병 회사가 많기는 했다. 거기에 들어가서 기회를 잘 잡는다면 회사의 성장과 함께 이 행성에서 명성을 떨치는 용병이 될 수 있을 것이다.

그러나 그건 어디까지나 이상론이었다.

용병들이 괜히 대형 회사에 들어가고 싶어 하는 게 아니었다. 회사 안에서 위로 올라가는 건 힘들어도 훨씬 안정적이기 때문이다. 카메론에서는 실수 한 번 하면 목숨이 날아간다.

출세에 미친 놈이 아닌 이상에야 그런 걸 바라고 일부러 새로 시작하는 회사에 들어가지는 않을 것이다.

"지금 중요한 건 그게 아닌 것 같습니다만."

"그건 또 무슨 소리야?"

"이렇게 고민하는 것보다 그냥 김수현 대원을 불러서 물어보는 게 빠르지 않겠습니까? 그렇게 꼬인 사람은 아니라고 생각합니다만……."

대원 대부분이 그렇지만, 이소희는 수현에게 호의를 갖고 있었다. 그녀뿐만 아니라 이 회사 사람이면 한 번씩은 수현에게 목숨을 빚졌기 때문이다.

"……."

조승현은 생각에 잠겼다. 확실히 여기서 수현이 원하는 게 뭔지 전전긍긍하는 것보다는, 차라리 불러서 속 시원하게 물어보는 게 그의 성격에도 맞았다.

그렇지만 불러서 물어보기 전에 준비는 해야 했다.

"만약 네 추측이 맞다고 하면, 내가 줄 수 있는 게 뭐가 있지?"

질문을 듣자 이소희는 어깨를 으쓱거렸다.

"저도 딱히 떠오르는 게 없습니다만. 애초에 회사에 돈도 별로 없지 않습니까?"

"사실로 시비 걸지 말고. 그건 내 잘못이 아니잖아. 수익

배분은 더 건드릴 수가 없어. 애초에 지금 들어오는 돈을 전부 나누고 있는 형식이라고."

조승현이 괜히 인격적으로 고평가를 받는 게 아니었다. 그는 수익을 독점하지 않고 직원에게 공평한 비율로 나눠주고 있었다. 개인적인 친분이 있는 용병들을 끌어모아서 회사를 만들 수 있었던 건 이런 점 덕분이었다.

"팀장 자리는 어떻습니까?"

"……우리 2팀 없는 거 알고 있으면서 무슨 소리를 하는 거야?"

"1팀을 말하는 겁니다. 제 팀장 자리요."

조승현은 정말로 놀랐다. 상상하지도 못한 이야기를 이소희가 하고 있었던 것이다.

"뭐?!"

"그렇게 놀랄 이야기는 아니라고 생각했습니다만. 만약 기회를 원해서 여기에 온 거라면 1팀의 팀장 자리만큼 확실한 대답은 없지 않습니까?"

"그거야 그렇지만……. 따질 부분이 한두 가지가 아닌데. 먼저, 넌 괜찮냐?"

"저는 다른 사람이 팀장을 맡아도 별로 신경 쓰지 않습니다. 제가 할 일이 달라지지는 않으니까요."

모범적인 군인, 군인 중의 군인. 평소 이런 수식어로 이소희를 생각했던 조승현이었지만 이런 모습을 보니 새삼 놀랐다. 아무리 그래도 그렇지, 사람이 욕심 하나 없단 말인가?

"그 사람이 리더로 일할 능력이 된다면 충분히 넘겨줄 수 있습니다. 그리고 김수현 대원은 리더 격으로는 넘치고 남습니다."

"그 정도야?"

"제가 보고서 올렸던 걸로 기억하는데요."

"그건 다 읽었지만……. 무엇보다 경험도 그렇고, 너무 젊어. 다른 놈들이 받아들일지도 의문이야. 팀장이라는 게 그냥 시켜준다고 되는 게 아니잖아?"

"나이는 저도 어린 편입니다만."

"너야 경력이 확실하니까."

"경험으로 따지면, 누구보다도 팀원들이 확실하게 느끼고 있을 겁니다."

이미 수현과 보조를 맞춰서 같이 싸운 대원들은 알고 있었다. 수현 앞에서 경력을 들이미는 게 얼마나 무의미한 짓인지를.

그들이 몇 년을 군대에서 굴렀던 간에 이 카메론 행성에 관해서는 수현에게 상대가 될 수 없었다.

"팀원들이 받아들이지 못할 거라고는 생각하지 않습니다."

"그놈들을 너무 만만하게 보지 말라고. 순순히 명령에 따르기는 하지만 성격이 고분고분한 놈들은 아니니까."

"저도 그런 뜻으로 말한 건 아닙니다만."

"……?"

이소희는 수현이 가끔 보여주는 모습을 보고서 그가 평소에 보여주던 모습처럼 예의 바르기만 한 사람이 아니라는 걸 느끼고 있었다.

만약 충돌이 일어난다면 그 또한 수현이 수습하고 넘어갈 일이었다. 그리고 이소희가 판단하기에 수현은 충분히 그 정도 능력이 있다.

"바꿀 거라면 지금 바꾸는 게 낫다고 생각합니다. 나중에 규모가 커지게 된 다음 바꾸면 여러모로 영향이 있을 수밖에 없으니까요."

"끙…… 그래. 일단 본인부터 불러서 물어보자고."

가장 큰 문제는 이소희의 양보로 이미 해결이 된 셈이었다. 조승현은 수현을 직접 불러 이야기하기로 마음먹었다.

"솔직하게 물어보자. 너 정도면 다른 곳에도 들어갈 수 있지 않았냐? 왜 여기에 들어온 거야?"

"대형 회사는 신인한테 기회가 짜잖습니까."

"……!"

조승현은 순간 소름이 돋았다. 이소희의 추측을 듣긴 했지만 설마 그런 이유 때문에 위험하고 좁은 길을 고르는 사람이 있을지는 몰랐다.

"단지 그거 때문에??"

"이유로는 충분하지 않습니까?"

"그게 말이나 되는 이유냐? 어? 지금 당장 가도 받아줄 회사가……."

말을 하던 조승현은 스스로가 무덤을 파고 있다는 사실을 깨달았다. 굳이 모험을 하겠다는데 그가 왜 다른 곳으로 가라고 등을 떠민단 말인가.

"나, 원, 참, 정말……."

"있는 게 불편하면 다른 곳으로 갈까요?"

"아냐! 아냐!"

수현의 질문에 황급히 반응한 조승현은 수현이 피식 웃는 것을 보고 얼굴을 붉혔다. 가볍게 농담한 것에 이렇게 반응하다니. 속마음을 완전히 들킨 셈 아닌가.

"그래. 네가 솔직하게 말해줬으니 나도 솔직하게 말해주마. 다른 곳에서 아마 제안이 올 거다. 다른 건 몰라도 치유능력자라는 사실 하나만으로도 영입하기에는 충분하니까. 그리고 우리는 그거에 걸맞은 제안을 해줄 능력이 없고."

"흠. 계속해 보시죠."

"이제 네가 여기에 들어온 건 세상 물정 몰라서 한 실수가 아니라, 나름 계산을 하고 들어온 거라는 걸 알았으니……. 너한테 역으로 물어보자. 원하는 게 뭐냐? 기회를 원한다고 했지? 무슨 기회를 원하는 거야?"

"별건 아니고…… 회사를 운영할 때 어떤 식으로 운영할지 저와 이야기를 해서 결정해 줬으면 좋겠다 정도?"

"풉!"

조승현은 마시던 찻물을 뿜어냈다. 수현은 간단히 고개를 돌려서 피해냈다.

"공, 공동 대표를 하자고?"

"아뇨. 그런 직함이나 법적인 지위 같은 건 전혀 관심 없습니다. 그냥 무슨 일을 할 때 혼자 결정하지 말고 저한테 이야기를 해달라는 겁니다. 발언권도 덧붙여서요."

"……?"

조승현은 이해를 할 수 없었다. 물론 큰 권한이기는 했지만, 이건 수현에게 직접적으로 이익이 가는 게 없었으니까.

"그게 왜 필요한데?"

"제가 모르는 곳에서 멍청한 짓을 하는 걸 막기 위해서죠."

"내가 멍청한 짓을 언제…… 아니, 어쨌든 그런 걸 원한다고?"

"농담 아니니까 진지하게 생각하세요."

"……!"

"문서화에서 남기지는 않겠지만 제가 약속을 어겨도 그냥 넘어갈 정도로 관대한 사람은 아니니까요."

"……!"

기껏해야 20대 초반 정도 된 놈한테 이렇게 기백으로 눌리다니. 조승현은 스스로에게 어처구니가 없을 정도였다. 이제까지 사회생활을 해오며 기에서 눌린 적은 한 번도 없었는데…….

계산은 간단했다. 수현 정도의 인재를 회사에 둘 수 있다면 같이 이야기해서 일을 진행한다는 게 뭐 그리 문제겠는가. 조승현은 그런 면에서는 자존심 같은 걸 가지고 있지 않았다.

"좋아. 그 정도는 해줄 수 있다!"

"잘됐네요."

"사실 그거 말고 한 가지 제안이 더 있긴 한데, 이건 네가 어떻게 생각할지 모르겠군."

"팀장 자리라도 제안하시려고요?"

"풉!"

"아. 진짜."

"미, 미안. 그런데 그건 어떻게 알았냐?"

"사장님이랑 이소희 팀장이 이야기해서 나올 만한 제안이 그 정도밖에 더 있습니까?"

이번 캘커타 고릴라 사냥에서도 이소희의 시선이 묘하게 신경 쓰였었다. 마치 그가 리더로 적합한지 시험하는 것 같은 시선.

게다가 긴급한 순간에 그가 명령을 내리는 걸 전혀 꺼려하지 않고, 오히려 권장하는 느낌까지. 충분히 예상할 수가 있었다.

"그래서? 어떻게 생각하냐?"

"좋죠."

"……?!"

1초도 생각하지 않고 바로 즉답하는 수현의 모습에 조승현은 다시 한번 얼이 빠졌다.

"예전부터 그러려고 생각하고 있었는데, 이렇게 먼저 말해주시니 좋네요. 이소희 팀장하고는 미리 이야기했겠죠?"

"정말로? 저놈들 다룰 자신이 있어?"

"그야 물론이죠. 설마 그럴 자신도 없이 말을 꺼냈을까."

"……."

"대원 관리는 제가 알아서 할 테니 걱정하실 필요 없고, 이제 비공식적으로 사업 파트너가 됐으니 다른 이야기를 하고 싶은데요."

"……?"

"이번 캘커타 고릴라 사건과 관련된 이야기입니다. 아마 보상 관련으로 목소리를 크게 내도 될 상황으로 알고 있는데……."

캘커타 고릴라를 직접 처치하고, 함정에 빠진 다른 팀을 구출하고, 거기에 부상자 치료까지. 아무리 억지를 부려도 부정할 수가 없는 비중이었다. 이렇게 되면 의뢰주도, 다른 용병 팀도 그냥 넘어갈 수가 없었다.

"그건 그렇지. 현금으로 더 받을 생각을 하고 있었는데……."

현금을 좋아하는 용병이니만큼 타당한 보상이었다. 그러나 수현은 고개를 저었다.

"현금도 좋지만 지금은 그럴 때가 아닙니다. 우리가 발견했던 레드우드 숲 있죠? 무조건 거기에 대한 권리를 달라고 요청하세요. 전부는 당연히 무리지만 일부는 받을 수 있을 겁니다."

"레드우드 숲? 그건 왜?"

"이유야 모르죠."

"야……."

"그렇지만 진돗개 팀이 그 숲 때문에 익숙하지도 않은 여기로 온 건 확실합니다. 선점할 가치는 충분해요. 분명 나중에 돈이 될 겁니다."

조승현의 눈빛이 반짝였다. 수현이 무슨 소리를 하는지 이해 못 할 정도로 멍청하지는 않았다. 이건 분명 냄새가 나는 이야기였다.

"진돗개 놈들이 레드우드 숲 때문에 왔다고?"

"그걸 약속받은 것 같더군요. 가능하면 이유도 확인해 보고 싶긴 한데……."

"그렇다면 이야기가 다르지. 무슨 소리인지 확실하게 이해했다."

수현은 생각에 잠겼다.

레드우드는 분명 희귀하기는 했지만, 아예 구할 수 없는 물건은 아니었다. 그렇지만 진돗개 2팀이 직접 나설 정도라면 분명 그게 필요한 이유가 있을 것이다.

'산지에 문제가 생겼나?'

이유는 나중에 알아도 됐다. 일단 중요한 건 선점하는 것이었다. 진돗개 팀이야 영문도 모르고 노리던 걸 뺏길 상황에 처해 억울하겠지만…….

카메론 행성은 원래 그런 곳이었다.

일단 조승현한테 말을 해뒀으니, 레드우드 관련 일은 그에게 맡겨둘 생각이었다.

조승현은 능력이 없는 사람이 아니었다. 능력이 없었다면 수현은 애초에 그를 찾아오지 않았을 것이다.

'내가 신경 써야 할 건 다른 거지.'

팀 내 질서가 달라졌으니 그걸 납득시켜 줘야 했다. 아무리 수현이 뛰어나고 잘나간다고 하더라도 팀의 분위기는 별개였다. 팀의 리더라면 팀원들의 분위기를 파악하고 문제가 없도록 유지시켜야 했다.

'오랜만에 해보는군.'

어려운 임무를, 그것도 다른 대형 회사가 실패한 일을 성공시켰지만 엉클 조 컴퍼니의 분위기는 그다지 좋지 않았다. 소문이 돌고 있었기 때문이었다.

"진짜 스카우트 받았다고?"

"그거야 모르지만 시간 문제 아니겠냐? 너도 봤잖아. 진돗개 팀장 놈이 계속 친한 척하는 거. 나 같아도 데리고 가겠다. 카메론 행성에 대해서 꿰고 있는 데다가 초능력자잖아."

정성재의 말에 팀원들이 고개를 끄덕였다. 확실히 임무 도중에 최재호가 보여준 모습은 노골적이었다. 다른 대원에게는 말을 걸지 않았지만 수현에게는 계속 접촉을 한 것이다.

최재호의 속셈을 모르고, 수현의 능력에 대해 어느 정도 알고 있는 대원들의 입장에서는 그게 노골적인 스카우트로

밖에 보이지 않았다.

"쓸데없는 소리 하지 말라니까."

"아. 수용 선배는 왜 자꾸 초를 쳐요? 선배는 김수현한테 신세 안 졌습니까?"

"누가 안 졌다고 했냐? 이 자식이 말을 해도 진짜……. 신세 졌는데 좋은 곳에 스카우트 받았으면 잘됐구나 하고 보내줘야 하는 거 아냐?"

"그, 그건 그렇지만 이건 좀……. 걔네는 안 그래도 인원도 많고 덩치도 큰데 꼭 우리 팀원까지 데려가야 하냐는 거죠."

"헛소리하지 마. 돈 벌려고 모인 놈들인데 서로 이해관계 맞으면 같이 일하는 거지. 김수현한테도 여기서 구르는 것보다 진돗개 들어가는 게 더 나을 거다."

"아. 진짜 피도 눈물도 없으시네!"

"개소리하지 말고 걔가 떠날 때 질척거리지 않을 준비나 해라."

박수용은 그렇게 말하고 의자를 뒤로 돌려 버렸다. 여기에 있는 모두가 알고 있었다.

그들이 김수현의 도움을 얼마나 받았는지를. 무언가 막히거나 이상한 일이 생겼을 때 물을 곳이 있다는 안정감은 보통 든든한 게 아니었다.

그런 김수현이 대형 회사한테 스카우트를 받아 떠날 거라는 소문이 도니 분위기는 당연히 좋을 리 없었다. 모두 입 밖으로 꺼내지는 않았지만 방법이 있다면 말리고 싶었다.

"야, 모두 모이라는데?"

"……?"

뜬금없는 집합 명령에 대원들은 어리둥절해했지만 일단 밖으로 나갔다. 밖에는 이소희와 김수현이 서 있었다. 그걸 본 대원들은 순간 생각했다.

'진짜 스카우트 받고 가나 보구나!'

"여러분께 말씀드릴 게 있습니다. 김수현 대원에 관한……."

"스카우트 받은 겁니까?!"

"네?"

이소희는 이상한 사람을 보는 표정으로 말을 꺼낸 대원을 쳐다보았다. 뭔가 분위기가 이상하자 대원은 슬그머니 입을 다물고 고개를 숙였다.

'뭐야. 아냐?'

'그러면 뭔데?'

"저번 임무와 이번 임무에서 김수현 대원이 보여준 모습은 일개 대원으로 활동하기에는 아쉽다는 말이 있었습니다. 그래서 사장님과 논의 후 김수현 대원을 팀장으로 승급시키기로 했습니다."

"?!?!?!?!?!"

스카우트가 아니라니 다행이었지만, 갑자기 김수현이 팀장이 된다는 것도 놀라운 건 마찬가지였다.

대원들은 받아들이지 못하고 당황스러운 표정을 지었다. 그나마 태연한 얼굴을 하고 있는 건 박수용과 고르간이었다.

고르간은 애초에 누가 팀장을 하나 별로 관심이 없었고, 박수용은 어떤 의미에서 김수현이 팀장이 된 건지 눈치를 챈 것이다.

'저 정도 되는 인재를 붙잡을 수 있는데 여기 회사 팀장 자리면 싸게 먹히는 거지. 그보다 용케 합의를 했군.'

박수용에게는 김수현이 신기했다. 아무리 봐도 진돗개한테 스카우트를 받고 가는 게 더 좋은 선택지일 텐데. 여기 남아서 일해 봤자 그다지 좋을 게 없었다. 물론 그들이야 김수현이 여기 있으면 좋겠지만…….

"이소희 팀장님은요?"

"저는 대원으로 일하게 될 겁니다."

"아니…… 너무……."

"김수현 팀장님, 말씀 부탁드리겠습니다."

수현은 새삼스러운 시선으로 이소희를 쳐다보았다. 언제나 느끼는 거지만, 놀라울 정도로 욕심이 없는 여자였다.

누구나 자기가 잡고 있던 자리를 타인에게 아무렇지도 않게 양보할 수 있는 건 아니었다. 게다가 그런 다음에 조금의 흔들림도 없이 상관 대접을 한다는 건…….

물론 용병 회사의 팀장은 군의 상관과는 다른 개념이었지만, 놀라운 건 놀라운 것이었다.

"자. 다들 놀랄 거라고 생각은 했습니다. 그렇지만 이미 결정된 일이고, 여러분은 거기에 맞춰서 적응해야 합니다. 다들 그럴 줄 아는 사람들이라고 믿습니다."

수현의 태도는 천연덕스러울 정도로 자연스러웠다. 대원들은 황당하다는 듯이 그를 쳐다보았다.

물론 수현이 팀장이라는 자리를 맡아서 황송하다는 태도로 굴 필요는 없었다. 능력이 있고 그럴 만한 자격도 있었으니까.

용병 회사는 군보다 훨씬 능력 위주로 굴러갔다. 나이가 어려도 그럴 만한 이유가 있으면 상관으로 모셔야 하는 곳이 회사였다.

그렇지만 조금도 어색한 모습을 보이지 않고 너무 당연하다는 듯이 저렇게 나오자 어이가 없었다.

"이소희 전 팀장은 괜찮은 팀장이었습니다. 일을 진행하면서 여러분들에게 계속해서 의견을 묻고 종합해서 결론을 내렸죠."

"감사합니다."

"물론 그렇다고 제가 저 방식 그대로 가지는 않겠지만요. 저는 이소희 대원과 다른 사람이고 당연히 방식도 다를 수밖에 없습니다. 몇 가지 여러분들이 주의해야 할 사항이 있는데, 이건 뭐 말로 하기보다 직접 실전에서 구르면서 겪는 게 마음 편할 거고……. 지금은 한 가지만 기억하면 된다. 내 권위를 존중하는 것. 미리 말해 놓는데, 작전 도중에 예전 버릇 못 버리고 헛소리하는 놈이 나오면 알아서 해라."

존댓말로 시작했지만 끝은 반말로 끝났다. 수현은 어느새 예전 모습으로 돌아가 있었다.

아무것도 모르는 신입으로 들어와서 이들과 관계를 쌓았기에 팀장으로 활동할 때에 불편할 가능성이 있었다. 그래서 수현은 그런 일들을 원천봉쇄할 생각이었다.

이렇게 처음부터 못을 박고 다시 관계를 만드는 건 빠르면 빠를수록 좋다.

수현에게 신세를 지고, 수현을 좋아하긴 했지만 그렇다고 완전히 후배라고 생각하고 있던 놈한테 이렇게 말을 들었는데 가만히 있을 용병들이 아니었다.

"너 혹시 술 마시고 왔냐?"

"……."

수현은 대답 대신 손가락을 까닥거렸다. 나오라는 뜻이

었다. 신호를 받은 정성재는 일어나서 수현 앞으로 걸어 나갔다.

어떻게 하는지 보겠다는 생각도 있었다. 아무리 수현이 이 행성의 전문가라지만, 이런 거리에서의 전투라면 그가 우위였다.

퍽!

"커헉?!"

정성재는 순간 왜 땅이 보이는지 이해를 하지 못하고 그대로 엎어졌다. 수현이 그의 다리를 후려치자 한 바퀴 돈 것이다.

수현은 어떻게 당했는지 아직도 깨닫지 못하고 황당해하고 있는 정성재의 몸 위로 발을 올린 다음 말했다.

"자. 여기 아주 좋은 반면교사가 나왔다. 내가 예전 버릇 못 버리고 헛소리하지 말라고 했는데, 이렇게 바로 나와 주는군."

"컥!"

"정신 못 차리지? 이거 한 대 맞고 엎어질 놈이 무슨 카메론 행성에서 용병을 하겠다고. 내가 적이었으면 넌 이미 죽었어. 일어서!"

수현이 그를 걷어차자 정성재는 정신을 차리지 못하고 허둥지둥 일어섰다. 그는 어느새 수현의 말을 따르고 있었다.

"대원으로 일할 때야 서로 하하호호 사이좋게 놀아도 상관이 없었지만, 팀을 이끄는 입장이 된 이상 그럴 생각은 조금도 없다. 카메론 행성은 대충대충 해서 해나갈 수 있을 만큼 만만한 곳이 아니니까. 나는 내 방식대로 너희를 굴릴 테니, 알아서 내게 맞춰라."

대원들이 입을 벌리고 수현을 쳐다보았다. 이제까지 온순한 후배인 줄 알았는데, 알고 보니 양의 탈을 쓴 늑대였다.

이런 성질을 가진 놈이 왜 이제까지 문제 하나 안 만들고 고분고분하게 일했던 건지 궁금할 정도로.

"불만 있는 사람?"

"……."

그리고 아무도 나오지 않았다.

"너무 과했나?"

"잘 모르겠습니다."

수현은 이소희와 함께 이동하면서 이야기를 나누고 있었다. 팀장 자리를 건네받은 이상 그녀에게 몇 가지 설명을 들어야 했다.

"팀장으로 일하면서 여러모로 시켜야 할 게 많을 텐데 언제까지나 동생처럼 굴어줄 수는 없으니……. 불편하면 사석에서는 존댓말 써드릴 수 있습니다."

다른 놈들이야 사석에서는 편하게 굴었지만 이소희는 언제 어디에서나 예의 바르게 대하는 사람이었다. 그런 사람을 상대로 험하게 구는 건 조금 그랬다.

"그것도 별로 신경 쓰지 않습니다. 편하게 말씀하셔도 됩니다."

"뭐, 그렇다면야."

"그보다 다른 걸 물어보고 싶은데, 괜찮겠습니까?"

"뭐든지 물어보시죠."

"흑곰을 만진 건 흑곰에 문제가 있어서였습니까?"

"……?!"

수현은 처음으로 당황했다. 그걸 보고 있었나?

"보고 있었습니까? 아니, 보고 있었으면 말이라도 해주시지……."

"몰래 한다면 이유가 있을 거라고 생각했습니다. 실제로 그다음에는 잔고장이 줄었더군요."

복잡한 심정으로, 수현은 머리칼을 헝클어뜨렸다. 설마 그 시간에 깨 있을 줄은 몰랐다.

"대충 비슷합니다. 흑곰이 요즘에 나오기는 했지만, 개발은 더 예전부터 했었는데……. 예전부터 말이 좀 많았죠.

지금은 잠잠하지만 나중 가면 문제가 터질 겁니다. 그런 과정으로 만든 물건이 아무런 문제없이 멀쩡할 리가 없으니까요."

"아무리 그래도 군부의 주도로 개발한 파워 아머인데 그 정도까지 갈 것 같지는 않습니다만."

"군에 있으셨으면 아실 텐데요. 군이 나서서 개발한 것 중에서 멀쩡한 게 많습니까, 멀쩡하지 않은 게 많습니까?"

수현의 질문에 이소희는 대답할 수가 없었다. 확실히 군 개발은 악명이 높았기 때문이었다. 떠오르지 않고 묻힌 비리만 해도 수두룩했다.

이소희는 수현이 군에 대해 너무 잘 아는 게 신기했다. 아무리 부모가 카메론 행성 주둔 군인이라고 해도 한계가 있을 텐데.

'역시 그런 쪽 계통인가?'

카메론 행성에는 특수부대나 비공식 부대가 있었고, 그건 이미 거의 공공연한 비밀이었다. 그리고 그런 부대의 군인은 비교적 사생활이 자유로웠다.

김수현이 그런 사람들의 자식이었다면 어렸을 때부터 이 행성을 같이 돌아다녔어도 이상할 게 없었다. 세상은 넓고 괴짜는 많았으니까.

수현은 차라리 잘됐다 싶었다. 이제 그는 팀장이고, 이소희에게 명령을 하는 입장이 되었으니까.

나중에 흑곰에 관련해서 납득이 가지 않는 명령을 해도 그녀가 어느 정도는 이해를 해줄 것이 분명했다.

이소희에게 관련된 설명을 모두 들은 후 수현은 밖으로 나섰다. 이렇게 한 번 바뀌고 나서 대원들을 가장 쉽게 적응하게 하는 방법은 역시 일이었다.

임무를 같이 하게 되면 멍청하지 않은 이상 알아서 적응하게 되어 있었다.

엉클 조 컴퍼니는 현재 예정된 일이 없었지만, 수현은 곧 일이 생기리라 느끼고 있었다.

레드우드 숲.

진돗개사가 욕심을 낸다면 그럴 만한 이유가 있을 것이다. 그리고 카메론 행성에서 그런 곳은 언제나 사건의 중심지였다.

'아무런 일도 안 생기고 넘어갈 리가 없지.'

어떤 식으로 일이 일어나든 간에 사건은 터지게 되어 있었다. 중요한 건 정보를 얻고 그에 대비하는 것이었다.

조승현이 교섭을 하고 정보를 얻어낼 수 있을 것이다. 정확히 알지는 못했지만, 그의 인맥은 상당해 보였으니까.

"아, 여보세요?"

“이거, 이렇게 다시 보게 되니 반갑군. 그동안 잘 지냈나?”

“물론 잘 지냈습니다. 팀장님도 잘 지내신 것 같아서 다행입니다. 다른 분들도 다 괜찮으시죠?”

“그놈들은 뭐……. 한 게 뭐가 있다고. 다 자네가 한 거나 다름없잖아. 안 그러나?”

“하하. 무슨 말씀을…….”

서로 속셈을 가진 두 남자가 카페에서 만났다. 먼저 연락을 한 건 최재호였다.

그가 연락을 안 할 이유가 없었다. 원래라면 수현이 아닌 김창식에게만 접근할 생각이었지만, 수현의 능력을 보고 생각이 달라졌다.

‘뛰어난 저격수에 치유 능력자. 김창식보다 몇 배는 더 가치 있는 놈이다.’

처음에는 아무것도 없는 놈이 자신감만 높다고 생각했는데, 지금 생각해 보니 아니었다. 수현은 정말로 믿을 만한 구석이 있었던 것이다. 왜 능력을 자랑하고 다니지 않은 건지 믿기지 않을 정도로.

‘가훈이라니, 무슨…….’

웃기지도 않는 소리다. 그것 때문에 그가 혼자서 난리를 쳤다는 걸 생각하니 얼굴이 화끈거렸다.

"일단 뭘 좀 시키지. 여기서 가만히 있을 수는 없으니까."

"아. 사 주시는 겁니까?"

"내 수입이 얼마인데 이 정도도 못 사 주겠나? 그렇게 신세를 졌는데 당연히 사 줘야지. 사실 이걸로도 좀 부족하게 느껴지지만……."

"그러면 감사히 먹겠습니다."

수현은 카운터로 걸어가더니 입을 열었다.

"그린티 프라푸치노에 사이즈는 그란데. 샷 추가 하나 해주시고 헤이즐넛 시럽, 초코드리즐 많이, 자바칩은 반은 갈고 반은 통으로 올려주세요. 파우더는 4, 얼음 적게요. 아, 휘핑은 에스프레소로 바꿔주세요."

"……??"

"왜 그러십니까?"

"아, 아무것도 아니야."

생긴 건 아메리카노 하나 주문할 것처럼 생겨놓고서 길게 주문을 읊어대는 수현을 보고 최재호는 황당하다는 표정을 지었다.

수현의 취미는 그다지 많은 편이 아니었다. 특수부대로 일하면서 쉬는 날보다 일하는 날이 더 많은 남자가 가질 만한 취미는 많지 않았다. 그나마 그중 하나가 식도락이었다.

"아. 그래서, 저번에 했던 이야기 말인데."

프르릅—

빨대로 빠는 소리를 내며 수현은 말하라는 듯이 눈을 깜박였다. 그 태도에 최재호는 왠지 모르게 울컥했다.

물론 지금은 그가 수현에게 아쉬운 소리를 하는 처지긴 했지만, 이런 태도에는 익숙하지 않았던 것이다.

그는 언제나 아쉬운 소리를 듣는 입장이었다. 스카우트를 할 때가 있긴 있었지만 진돗개라는 배경은 언제나 든든한 배경이었고, 스카우트를 당하는 신인도 그 배경을 존중했던 것이다.

그러나 수현은 지금 그를 무슨 잡상인 대하듯이 대하고 있었다.

"제안 기억 안 나나?"

"무슨 제안을 하셨더라……?"

'이 자식이 진짜.'

"자네 같은 인재를 거기에 두는 게 아깝다고, 내가 방법을 찾아보겠다고 했잖나!"

정확히 그렇게 말하지는 않았다. 언제라도 책임 회피를 할 수 있도록 두루뭉술하게 말했지만, 지금 제안을 하는데 굳이 그런 걸 따질 필요는 없었다. 서로 좋은 게 좋은 거였으니까.

"아, 방법을 찾으셨습니까?"

"물론이지. 위에 허락을 받았네. 만약 자네가 우리 회사로 온다면 파격적인 대우를 약속하지. 지금 거기서 돈을 얼마나 받고 있지? 월급이……."

"우리는 월급으로 안 받는데요."

"……?!"

최재호는 아차 싶었다. 작은 규모의 회사는 저런 식으로 들어온 돈을 나눠 가지는 경우도 있었던 것이다.

"이런. 내가 착각했군. 그런 식으로 불안하게 일하는 것보다는 꾸준하게 받아가면서 편하게 일하는 게 낫지 않나? 그리고 나눠 가진다 하더라도 우리보다 더 많이 줄 수 있을 거 같지는 않은데."

"뭐, 그렇긴 한데 전 돈에 딱히 욕심이 없어서……."

"그, 그러면 뭘 원하는데?"

"자리죠."

최재호는 속으로 웃었다. 뭘 원하나 했더니, 용병 중에서는 돈을 최우선으로 하는 사람도 있었지만 이렇게 자리를 원하는 용병도 있었다. 물론 예상 가능한 요구였다.

"그거라면 걱정하지 말라고. 팀장 자리까지 약속해 줄 수 있으니까."

"팀장 자리요?!"

수현은 매우 놀란 목소리로 말했다. 최재호는 당연히 그래야 한다는 듯이 고개를 끄덕였다. 진돗개의 팀장 자리는 아무나 가질 수 있는 게 아니었으니까.

"놀랐겠지. 이해하네. 우리가 그만큼 자네를 고평가하고 있다는 거야. 엉클 조 컴퍼니가 나쁜 곳은 아니지. 하지만 지금이 아니라 미래를 봤을 때, 자네가 자네의 재능을 꽃피우기 위해서는 어디가 더 좋을 거 같나? 재능도 중요하지만 그 배경도 중요하다고. 단단하게 밀어줄 수 있는 그 배경!"

"근데 어느 팀 팀장입니까?"

"뭐?"

"회사의 몇 팀인지가 중요하잖아요."

"그야 신규로 생기는 팀 팀장이지만……."

아무리 치유 능력자가 대단하다지만 이미 기존에 있는 팀 팀장을 쫓아내고 그 자리에 넣어줄 만큼 대단한 건 아니었다.

아니, 중요성을 떠나서 그런 짓을 했다가는 대번에 내부에서 싸움이 일어날 것이다. 잘못이 없어도 언제라도 잘릴 수 있다는 생각이 모두의 머릿속에 박히게 되는 것이니 말이다.

수현은 일부러 김이 식었다는 표정을 지었다.

"에이, 그거 완전 서열로 치면 가장 뒤 아닙니까?"

"아니, 그러면 뭐 얼마나 위를 기대한 거야? 거기에는 이미 팀장이 있다고!"

"제가 그런 사람들보다 더 잘할 자신이 있었는데 말이죠."

"……."

최재호는 속에서 욕이 나오는 걸 간신히 참았다.

"참고로 엉클 조 컴퍼니는 저한테 1팀 팀장 자리를 제안했습니다."

"뭐라고??"

순간 놀란 최재호였지만, 얼마 지나지 않아 제정신을 차렸다. 생각해 보니 엉클 조 컴퍼니에는 팀이 하나밖에 없었다!

"팀 하나밖에 없는데 1팀이란 게 무슨 의미가 있나?!"

"1이란 게 중요한 거죠. 가장 앞선, 가장 대표인, 뭐 그런 거잖습니까."

'이놈은 치유 능력자에, 뛰어난 저격수일지도 모르지만……. 또라이가 분명해.'

최재호는 그렇게 생각하며 고개를 저었다.

"잘 생각해 보라고. 거기서 1팀 팀장으로 일하는 것보다, 우리 10팀 팀장으로 일하는 게 훨씬 더 대우가 좋을 테니까. 다른 사람이 없으니 솔직하게 말하는 건데, 우리 10팀이 자네 1팀보다 규모가 커."

"흠. 아버지께서 소꼬리를 할 바에는 닭대가리를 하라고 하셔서……."

'너희 집은 대체 무슨 집이냐?'

"1팀 팀장은 무리겠죠?"

"……당연히 무리지."

최재호는 이 눈앞의 철부지한테 어른스럽게 대응하고 있는 스스로에게 감탄하고 있었다. 아. 내가 이렇게 참을성이 좋았다니.

"그러면 마음만 감사히 받겠습니다."

"그래라……."

치유 능력자를 섭외하는 건 분명 탐나는 일이지만, 이렇게 과대망상에 빠진 놈이라면 차라리 미리 거르는 게 나을지도 몰랐다.

그가 섭외해서 데리고 왔으니 이후 사고라도 친다면 그에게도 책임이 돌아간다.

최재호가 깔끔하게 포기한 것 같자 수현은 속으로 웃으면서 일어났다.

그는 지금 그가 무슨 일을 당한 건지도 모르고 있었다. 그는 수현이 그에게서 레드우드 숲에 대한 정보를 빼냈다는 걸 상상치도 못할 것이다.

'나중에 알면 당황 좀 하겠군.'

지금쯤 한창 조승현이 레드우드 숲에 관한 것으로 요청을 하고 있을 테니, 아직까지는 소식이 안 들어왔을 것이다.

"그러면 다음에 또 만나죠."

최재호는 대답 대신 고개를 까딱거렸다. 일이 틀어진 이상 수현에게 살갑게 굴어줄 필요가 없었던 것이다.

'이럴 줄 알았으면 약속을 더 빨리 잡을 거 그랬나.'

노리고 있던 먹잇감은 하나가 아니었다. 뛰어난 저격수에 치유 능력자인 수현이 첫 번째였지만, 캘커타 지역에 대해 빠삭한 군인도 탐나는 인재였다. 최재호는 김창식에게 연락했다.

"저를 스카우트하신다고요?"

"겸손할 거 없습니다. 이미 그쪽 실력은 충분히 봤으니까요."

"……?"

김창식은 이해가 가지 않아 고개를 갸웃거렸다. 수현이 스카우트 받는 건 이해가 갔다. 그가 봐도 수현은 대단했으니까.

게다가 초능력까지. 왜 숨겼는지는 몰랐지만 워낙 괴짜 같은 구석이 있는 놈이니 그러려니 했다.

용병 중에서는 자기에 대해 이야기 안 하는 놈들이 수두룩했으니까.

그러나 자신은 왜 스카우트한단 말인가? 김창식은 바보가 아니었다. 그는 그의 능력에 대해 알고 있었다.

싸우는 것에 대해서는 나름 자신이 있었지만, 진돗개 정도 되는 회사라면 그 정도 되는 전투원은 수두룩할 것이다.

'뭐야, 무슨 속셈이야?'

'이놈은 왜 경계를 하는 거지?'

최재호는 이해가 가지 않았다. 김수현이야 약간 정신세계가 독특한 놈이라 거절을 했다지만, 김창식은 경력도 그렇고 이런 제안이 뭘 의미하는지 모르지는 않을 것이다.

"여기 구체적인 제안입니다. 읽어 보시고……."

"아니, 됐습니다."

"……?!"

오늘처럼 진돗개라는 이름이 무의미하게 느껴진 적은 없었다. 최재호는 황당하다는 듯이 김창식을 쳐다보았다. 너는 왜 거절하냐는 듯이.

"읽어 보시면 생각이 달라지실 텐데요?"

"아. 물론 우리보다 조건이야 좋겠죠. 근데 저는 사장님한테 신세진 게 좀 있어서요. 조건 더 좋은 거 받았다고 홀랑 가버리기는 좀 그렇죠. 그리고 이렇게 인재 빼 오는 짓은 좀 아니지 않습니까? 다들 한다지만 대형 회사가 이렇게 새로 시작하는 회사 상대로 인재를 빼 버리면 작은 곳은 어떻게 견디라고."

"……."

"그럼 이만 가 보겠습니다."

김창식은 씩씩하게 일어서서 돌아섰다. 속으로 후회하면서.

'아. 젠장. 더럽게 아깝네!'

의리 때문에 거절했다지만 사람인 이상 아쉬운 건 어쩔 수가 없었다.

이유야 몰랐지만 일단 저기에 사인하면 대우는 확실하게 보장되었으니까. 차라리 안 읽어서 다행이었다. 읽고 나면 더 후회가 될 게 뻔했다.

보이지 않는 곳에서 치열한 제안이 오가고 있는 동안, 조승현은 수현이 말한 대로 행동에 나서고 있었다.

수현이 준 몇 가지 단서만으로도 그는 이미 감을 잡았다.

그 정도 되는 용병 회사가 손에 넣으려고 한다면 반드시 그럴 만한 이유가 있기 때문이다.

"부르셨습니까?"

"아. 앉아봐."

“표정을 보니 알아내신 것 같은데, 시간 끌지 말고 바로 말하시죠. 제안은 성공했습니까?”

“퍼슨사 측 교섭인이 당황하기는 했는데, 그쪽에서는 거절할 이유가 없지. 진돗개가 가져갈 몫을 우리가 나눠 가져가는 거니까.”

“진돗개 측이 가만히 있지는 않았을 텐데요.”

“물론 그쪽에서는 노골적으로 싫어했지만……. 그 이상으로는 뭐라고 말을 못 하더라.”

이건 좀 흥미로웠다. 물론 공적에서 워낙 차이가 났기에 진돗개가 거부한다고 해서 달라지지는 않았다. 그 정도로 불공평하게 처리했다가는 퍼슨사한테도 문제가 생길 거다.

그렇지만 강하게 나오지 못했다는 건 조금 신기했다. 분명히 그들 입장에서는 정말로 원하던 것일 텐데. 나누어 가지는 상황이 만족스러울 리 없었다.

‘소란을 만들고 싶지 않았던 건가?’

이렇게 되니 이유가 더 궁금했다.

“말을 못 했다니. 혹시 이유도 알아내셨습니까?”

질문을 받은 조승현의 얼굴에 당당한 웃음이 스쳐 지나갔다.

“물론이지. 일단 네가 한 일이 있으니까 강하게 나오지 못한 것 같은데, 알아보니까 그것뿐만은 아니더라고.”

"당연히 그렇겠죠."

"너 혹시 레드우드 산지가 어디 어디 있는지 알고 있냐?"

물론 알고 있었다. 미개척 지역에 비공식적으로 있는 몇 군데와 도시 주변에 있는 공식적인 산지 몇 군데 모두. 아마 조승현이 말하는 건 후자가 분명했다.

"아뇨. 어지간히 도시 근처 아니면 거의 다 선점한 놈들이 정보 통제하지 않습니까?"

"그렇지. 굳이 일반인들한테 공개하고 다닐 이유는 없으니까. 그런데 그 산지 중 하나가 박살이 났다더라. 사고가 아니라 누군가 공격을 했나 봐."

"……?!"

수현은 놀란 표정으로 조승현을 쳐다보았다. 물론 산지에 무슨 문제가 생겼을 수도 있다는 생각은 했었다.

그러나 박살이 나다니. 이 주변에서 인류가 확보한 레드우드 산지는 대체로 도시에 가까운 곳이었다.

도시는 차원문 주변에 있고, 차원문 주변은 카메론 행성에서는 드물게도 몬스터 없이 축복받은 땅이다. 인류가 괜히 그 중심으로 도시를 만든 게 아니다.

즉 주변에 돌아다니는 몬스터가 없다고 봐도 좋은 수준인 것이다.

그런 곳에서 사고가 터지는 건 흔한 일이 아니었다.

"박살이 났다고요? 어디 쪽이죠?"

"나도 정확한 건 못 알아냈어. 이것도 관계자한테 주워들은 거라고. 대응하는 거 보니까 아마 평양에서 좀 가까운 곳 같아."

"……!"

평양. 예전이라면 옛 북한의 도시를 가리키는 단어였겠지만 지금은 다른 도시를 가리키는 단어다.

카메론 행성에 진출한 인류가 만든 도시 중 한국이 담당하고 있는 도시. 현재 수현과 조승현이 있는 도시가 바로 평양이었다.

카메론 행성의 어마어마한 이권을 보고서도 탐을 내지 않는 나라는 없었다.

그러나 아무나 차원문으로 군을 보낼 수는 없었다. 차원문의 위치 때문이었다.

한국, 미국, 중국, 러시아 4개 국가는 공식적으로 협약을 맺고 군을 보낼 수 있는 나라를 그들로 한정했다. 나머지는 비공식적으로 활동하거나 민간 사업자 정도만이 출입 가능했다.

카메론 행성의 진출이 국가의 이권 때문인 이상, 당연히 만들어진 도시도 하나가 아니었다. 한국이 평양이라는 이름으로 도시를 만드는 동안 다른 세 국가도 각자 카메론 행성개척의 첨병이 될 도시를 만들었다.

각국의 군대는 당연히 각자의 도시 주변에 위치했다.

수현의 기억이 맞다면, 평양 가까운 곳에 레드우드 산지가 있기는 했다. 수현은 이번에 어디가 박살 난 건지 알 것 같았다.

'그런데 거기는 군과 민간 회사가 합작해서 관리하고 있는 걸로 아는데…… 뭐지?'

몬스터가 습격했을 리는 없고, 성공했다는 점에서 일단 보통 놈은 아니었다.

"소문 같은 것도 안 돌았습니까? 그런 일이 터졌는데 조용할 리가 없을 텐데요."

"너 눈치 진짜 빠르다. 그래. 소문이 있긴 있지. 그게 좀 안 믿기는 소문이라서 말이야……."

"……?"

"범인이 이종족 테러리스트란다."

"……아예 말이 안 되는 소리는 아니긴 한데……."

워낙 힘의 차이가 컸고 인류도 나름대로 규칙을 세워 스스로를 단속했기에 커다란 마찰은 일어나지 않았지만, 새로운 종족이 만났는데 충돌이 안 생기는 게 이상한 일이다. 지금 이 순간에도 마찰은 끊임없이 일어나고 있다.

그중 과격파 집단들도 있었다. 인류의 지식을 습득하고 무기를 얻어 공격하는 이종족들.

그들은 인류가 미개척지로 들어가서 자원을 찾는 행위 자체를 침략으로 보고 있었다. 수현도 몇 번 부딪힌 적 있었다.

그들은 결코 만만한 자들이 아니었다. 언제 어디에서 만날지 모르는 건 둘째 치고 전력 자체로도 무시할 수 없었다.

무기의 이점이야 이미 대량으로 풀렸기 때문에 무의미했고, 이종족은 기본적으로 인류보다 이 행성에 해박했다.

거기에 초능력자까지 더한다면…… 강력한 몬스터보다 더 위험할 수도 있었다.

“아예 말이 안 되는 건 아니라고? 평양 주변이면 한국군도 근처에 있을 거 아냐. 그런 곳을 어떻게 이종족 애들이 털어?”

“일단 터는 거 자체는 문제가 아니죠. 레드우드 산지라고 하지만 그 주변을 빈틈없이 철통처럼 방비하고 있지는 않았을 테니까요.”

위험하지 않은 곳에서는 그만큼 경계심도 약해진다.

수현은 보지 않았지만 레드우드 주변의 경비가 대충 예상이 갔다. 그들은 정석대로 했겠지만……. 공격할 능력이 있는 사람에게는 정석은 오히려 이용하기 쉬울 뿐이었다.

“그리고 이종족 과격파는 만만한 상대가 아닙니다. 한번 해보면 그런 소리가 싹 들어갈 걸요.”

"그러면 정말 그놈들이 한 건가?"

"아뇨. 이종족이 한 짓 같지는 않습니다."

"뭐야? 그러면 방금 말한 건 뭔데?"

"그럴 능력은 있긴 한데, 좀 말이 안 된다는 거죠. 과격파 테러리스트는 보통 미개척지에 침입한 자를 공격하거든요. 굳이 도시 주변까지 와서, 그것도 레드우드 산지를 날려 버린다는 건……."

수현은 생각에 잠겼다. 여기까지 온 것도 믿기지 않았지만 기껏 올라와서 한다는 짓이 레드우드 산지 공격이라니. 어딘가 앞뒤가 맞지 않았다.

소문은 도는데 그 소문이 이상하다면, 답은 하나였다. 누군가 그 소문을 의도적으로 뿌린 것이다.

수현은 무언가가 머리를 스치고 지나가는 것을 느꼈다.

"젠장."

"……?"

"아직 범인은 못 잡았겠죠?"

"반응 보면 그렇지 않겠냐? 잡았으면 대대적으로 공표했을 것 같은데."

"누군지는 몰라도 어떤 이유인지는 알 것 같습니다. 다른 레드우드 산지를 확보한 놈이 한 짓일 가능성이 커요. 평양 주변 산지만 날려 버려도 공급은 줄고 가격은 순식간에 뛰니까.”

“뭐라고?!”

조승현은 경악해서 외쳤다. 수현이 제시한 의견도 놀랍긴 했지만, 그보다 지금 들은 것만으로 어떻게 저런 결론을 내렸는지 이해가 가지 않았다.

“그게 뜬금없는 이종족 테러리스트보다는 훨씬 더 가능성 있는 가설입니다. 이종족 테러리스트라니. 그 조잡한 소문은 저지른 놈이 퍼뜨린 소문이 분명해요.”

수현은 카메론 행성의 그림자 속에서 어떤 일들이 일어나는지 잘 알고 있었다.

자원에 대한 테러 정도는 언제든지 일어날 수 있었다. 국가 단위로 고수익을 만들어내기 위해 할 수 있었고, 아니면 회사 단위로도 저런 계획이 가능했다.

수현이 진지하게 말하자 조승현도 더 이상 가벼운 표정이 아니었다. 이종족 테러리스트가 아니라, 누군가가 이익을 위해 테러를 한 거라면 일이 심각해졌다.

“누군지 잡아낼 수 있을까?”

“그걸 어떻게 잡아냅니까? 용의자가 한둘이 아닌데. 군과 싸운 것도 아니고, 경계 뚫고 산지에 테러만 하고 도망치는 거라면 어지간한 용병 회사는 다 할 수 있을 겁니다. 자잘하게 산지를 확보한 놈들만 따져도 리스트가 꽉 찰 걸요.”

조승현은 아쉽다는 표정을 지었다.

수현이 설득력 있는 증거까지 찾아낸다면 이걸 한국군 관계자한테 제보할 수 있을 텐데.

상대방에게 빚을 지게 하는 건 언제나 좋은 장사였다.

"역시. 누구인지 잡아내는 건 무리겠지?"

"음. 그렇게 잡아낼 필요 없을 걸요. 제 추측이 맞다면 곧 만나게 될 것 같은데."

"……?"

"우리가 찾은 레드우드 산지 말입니다. 그 정도 규모면 테러한 놈이 눈 돌아가지 않을까 싶은데……. 기껏 한 군데 날려 버렸더니 새로 대규모 산지가 생긴 거잖습니까. 아직 정체도 안 들킨 상태고. 거기에 캘커타 한가운데니. 저 같으면 여기도 날려 버리러 올 거 같은데요."

조승현은 그제야 수현이 왜 욕설을 내뱉었는지 깨달았다.

만약 이익을 위해 그런 테러를 한 집단이 범인이라면, 지금 가장 위험한 건 새로 발견된 레드우드 산지였다.

규모가 큰 데다가 도시 주변이 아닌 캘커타 정글 지대 한가운데에 있으니 무슨 일이 일어나도 이유를 만들기 쉬웠다.

"……시발."

황금알을 낳는 거위라고 생각하고 있었는데, 알고 보니 터무니없이 위험한 물건이었다. 테러 위험이 있는 산지라니.

"돈이 된다며?!"

"돈이야 되잖습니까."

"지금 돈이 문제냐. 네 말대로면 복면 쓴 놈들이 폭탄 들고 찾아올 수도 있는데."

"틀릴 가능성도 있으니 벌써부터 겁을 먹지는 맙시다."

수현이 위로라도 해주듯이 그렇게 말했지만, 조승현에게는 그다지 위로가 되지 않았다. 수현의 말에는 묘한 설득력이 있었다. 어디까지나 가설일 뿐이었지만, 조승현은 수현의 의견이 맞을 가능성이 크다고 생각하고 있었다.

"만약 그게 맞다면?"

"맞다면 막아야죠. 남이 날려 버리는데 가만히 보고만 있을 겁니까?"

"우리 애들은 몬스터 잡고 자원 찾으려고 여기 들어온 거지 테러리스트하고 싸우려고 들어온 게 아니잖아. 규모도 그렇고, 괜찮을지 걱정이다."

"뭐, 다행인 건 우리만 있는 게 아니라는 거죠."

"……?"

"진돗개 회사도 레드우드 산지에 대한 권한을 가졌잖습니까."

"……!"

수현이 꺼낸 이야기가 하도 충격적이라 무심코 잊고 있

었다.

그렇다. 발견한 레드우드 산지에 대한 권한은 진돗개도 가지고 있었던 것이다.

"그놈들도 이걸 알고 있을까?"

"알든 모르든 그건 별로 안 중요합니다. 중요한 건 써먹을 수 있다는 거죠."

12장
보상과 변화(2)

노골적으로 진돗개를 이용하자고 말하는 수현을 보고 조승현은 헛웃음을 터뜨렸다.

물론 수현의 예측이 사실이라면 진돗개같이 규모가 있는 회사를 끌어들이는 게 가장 좋은 방법이기는 했다.

그렇지만 1초도 고민하지 않고 바로 끌어들이자고 말하는 건 이야기가 달랐다.

'귀신같은 녀석.'

조승현도 거절할 생각은 없었다. 그가 챙겨야 하는 건 그의 회사에 있는 사람들이었다.

지금 수현이 보여준 모습처럼 노골적인 태도는 좋으면 좋았지 그가 거절할 건 아니었다.

"어떻게 써먹을 생각인데? 전이랑은 상황이 달라. 지금 그 놈들한테 잘못 말했다가는 역효과 난다고."

진돗개 입장에서는 엉클 조 컴퍼니가 곱게 보일 리 없었다.

물론 그들이 일에서 밀린 건 사실이었지만 그렇다고 해서 그렇게 노리던 걸 뺏긴 원한이 사라지지는 않았다.

이런 와중에 레드우드 숲을 지키기 위해 협력하자고 말한다면 역효과가 날 가능성이 컸다.

"확실히…… 이럴 줄 알았으면 최재호한테 조금 더 친한 척을 할 걸 그랬나?"

"스카우트 따로 받았었냐?!"

"거절했으니 걱정 마시고요. 같이 협력하기는 조금 힘들지 몰라도 동원하는 것 자체는 별로 안 어려워요. 지금 레드우드 숲 주변 지키고 있는 건 진돗개 팀이죠?"

"개네야 팀 많으니까 2팀 말고 그 밑의 다른 팀 시켜서 지키고 있겠지."

그 정도는 구색 맞추기를 위한 보초일 뿐, 정말로 경계를 해서 세운 거라고 보기는 어려웠다. 수현은 고개를 끄덕이며 말했다.

"역시, 공격당할 거라고 생각하고 있지는 않군요."

"지금 시점에서 그런 걱정을 하고 있는 건 너 정도밖에 없을걸?"

"사람들이 너무 순진한 거죠. 앞에 이종족 붙이면 뭔가 이상하다 싶어도 그럴지도 몰라 하고 넘어가 버리니. 이종족도 인간과 비슷하게 사고하고 행동합니다."

처음 대면 이후로 이종족들은 인류 사이에 나름 깊숙하게 들어온 편이었다. 엘프는 두말할 필요가 없었고, 드워프나 오크, 수인족 같은 경우도 인간들 사이에서 돌아다니는 걸 제법 볼 수 있었다.

"일단 지금 일이 급하니……. 협조 요청하시죠?"

"뭐? 요청을 받아줄 리가 없다니까."

"당연히 바라고 하는 게 아니죠. 진돗개 애들한테 '이종족 테러리스트가 노리는 다음 타깃이 이번에 발견된 레드우드 숲이다'라는 것만 알려주시면 됩니다. 협조야 거절하겠지만 가만히 있지는 않을 테니까."

"……!"

"그런 예고를 쉽게 넘기지는 못할걸요. 어떻게든 행동에 나설 겁니다."

"이런 귀신같은 놈!"

"뭐라고요?"

"아, 아니, 너무 감탄해서 본심이 나왔네."

수현이 쳐다보자 조승현은 급히 말을 돌렸다.

수현이 보기에, 협조 여부는 별로 의미가 없었다.

물론 눈앞에서 보상을 뺏긴 진돗개 측에서는 엉클 조 컴퍼니와 협조할 생각이 전혀 없겠지만…….

결국 같은 지역의 자원을 나눠 가지게 된 것이다. 협조를 안 하려고 하더라도 무슨 일이 생기면 뭉치게 되어 있었다. 그런 상황에서 자존심을 챙길 만큼 멍청한 이들이 아니었다.

그렇다면 일단 진돗개의 전력을 그쪽으로 옮겨 놓기만 하면 됐다. 그렇게 하기만 하면 알아서 해결될 것이다.

"놈들이 그쪽으로 전력을 더 넣을 거라 이거지?"

"거기에 추가로 멍청하게 당하지는 않겠죠. 진돗개 정도 회사가 각오를 하고 막으려고 든다면 걔네들 선에서 정리가 될 수도 있습니다. 사실 그게 가장 편하고요."

"될 수도 있다는 건……."

"안 될 수도 있다는 거죠. 아시다시피 저런 곳에서 싸우는 건 공격하는 쪽이 쉬우니까요. 언제 어디서 공격할지 정하는 게 가능하고, 거기에 부딪히지 않고 레드우드 숲만 날려버린 후 도망치면 끝나니까……. 뭐, 일단 우리 팀도 그쪽으로 가겠습니다."

"괜찮은 거겠지? 물론 레드우드 숲이 매력적인 자원이긴 해. 지금 상황에서라면 더더욱. 그렇지만 너무 위험하다 싶으면 빠질 수도 있다고. 지금 상대가 누군지도 모르잖아."

대규모 산지가 하나 날아간 상황. 마음만 먹는다면 얼마만큼의 이익을 뽑아낼 수 있을지는 상상이 가지 않았다.

그렇지만 그걸 위해서 팀원의 목숨을 갈아 넣을 생각은 없었다.

다른 곳에 빠르게 매각하는 방법도 있었다. 조승현은 본질적으로 군인이 아니라 상인이었다.

"걱정 마세요. 그건 상대방도 마찬가지일 테니까."

다시 실패할 생각은 조금도 없었다. 수현은 눈빛을 빛내며 그렇게 대답했다.

"그리고 단순히 레드우드 때문은 아닙니다."

"……?"

"누군지 알아낼 수만 있다면 한국군 측에도 어느 정도 빚을 만들어 놓을 수 있으니까요. 아시잖습니까. 그런 빚이 얼마나 도움이 되는지."

"……!"

'말은 그렇게 했지만…….'

솔직히 엉클 조 컴퍼니의 전력은 그렇게까지 고평가하기 어려웠다. 군인으로서 따지자면 다들 괜찮은 실력을 가지고 있었지만, 카메론 행성의 싸움은 상식으로만 이뤄지는 게 아니었다.

'어디서 초능력자 몇 명 더 못 구하려나.'

초능력자가 아예 찾기 힘들 정도의 인재는 아니지만, 보통 그런 인재가 엉클 조 컴퍼니 같은 곳에 들어오진 않았다.

'그놈들이 지금 시간대에 어디에 있었지? 곽현태는 아직 없을 거고, 최지은은 연구소에 있을지 모르겠네. 구중철도 없을 거고, 문서연은 있을 거 같긴 한데. 얘도 찾으려면 꽤 걸릴 거고.'

예전의 수현이 특수부대에서 일했을 때, 그 밑에 있던 팀원들은 뛰어난 인재들이었다. 그들을 다시 데리고 올 수 있다면 더 이상 바랄 게 없었다.

다만…….

'이럴 줄 알았으면 미리 좀 알아놓을 거 그랬나.'

수현이 그들의 과거를 자세히 알지 못한다는 게 문제였다.

특수부대로 온 사람은 다들 사연 하나씩은 갖고 있었고, 수현은 임무를 수행하는 도중에 문제가 되지 않는다면 굳이 그걸 캐묻지 않았다.

중요한 건 현재 어떻게 일하느냐였으니까.

사석에서 스스로 말하거나 수현과 따로 친밀하게 지낸 몇몇을 제외하면, 이 시간대에 그들이 어디 있을지 짐작이 가지 않았다.

결국 이번 일은 전적으로 수현 혼자의 힘으로 처리해야 했다.

'진돗개 팀이 좀 쓸 만한 전력을 보내줬으면 좋겠는데.'

물론 상황이 그렇게까지 절망적인 건 아니었다. 순수한 군인으로만 본다면 대원들도 쓸 만한 전력이었고, 거기에 파워 아머까지 있었다.

습격자가 누군지는 모르겠지만 파워 아머를 들고 오지는 않을 것이다. 그러면 위장이 불가능하니까.

이 전력에 진돗개의 전력까지 합친다면 충분히 처리할 수 있었다. 수현은 자신의 실력에 자신감이 있었다. 어둠 속에 숨어서 기습을 계획하고 있는 놈이 누구든 간에, 수현을 계산에 넣지는 않았을 것이다.

"어. 잘 만났다."

"……?!"

수현은 찾던 사람을 발견하고 손을 흔들었다. 골목에서 꼬치를 굽고 있던 엘프는 수현을 보고 움찔해서 몸을 떨었다.

그는 기억력이 좋았다. 게다가 수현 정도의 퍼포먼스를 보여준 사람을 잊는 건 쉽지 않았다.

"누구신지 모르겠어요. 저 엘프. 인간 알아보기 힘들어요."

"그냥 통역기 켜고 엘프어로 말하지 그러냐? 굳이 그렇게 떠듬떠듬 말할 필요가 있어?"

수현의 태도에 도망칠 수 없다는 걸 깨달은 프란조가 한숨을 쉬고 입을 열었다. 그는 통역기를 켰다. 어설프게 배운 한국어보다 통역기가 훨씬 편했다.

"그야 이렇게 해야 잘 팔리니까 그렇죠."

"……."

"엘프가 통역기 안 쓰고 열심히 한국어 배워서 장사한다고 기특하게 여기는 손님이 얼마나 되는지 아시면 놀랄 걸요?"

"그래. 놀랍다. 이 자식아."

인간 사회에 적응한 모습이 놀라울 정도였다.

"그보다 음…… 이거 공짜로 드릴 테니……."

"뭐가. 아, 이 꼬치? 됐어. 그거 때문에 온 거 아냐. 여기 돌아다니다가 문득 네 생각이 나서 들렀어."

"저, 저는 남색에는 취향이 없는데……."

"뭐라는 거야? 너, 어스 드래곤 고기로 사기 칠 정도니까 분명히 정상적으로 일하는 놈은 아니겠지?"

"……."

프란조는 눈동자를 굴렸다. 수현이 뭘 노리고 그를 찾아온 건지 알 수가 없었다. 수현은 품속에서 빳빳한 지폐 다발을 꺼내 그에게 던졌다.

"……?!"

"소개 좀 해줘라. 암시장에 들어가야 하는데 연줄이 없어.

너 정도면 아는 놈이 몇 명 있겠지."

"……!"

프란조는 수현이 던진 지폐를 빠르게 세 보았다. 단순히 소개를 해주고 이걸 받는다니. 남아도 보통 남는 장사가 아니었다.

"혹시 달러로는……."

"몇 대 맞고 시작할까? 네가 저번에 돼지고기로 사기 친 다음 네 뒷배 불러서 나 잡으려고 수작 부리지 않았었나?"

"……지금 당장 안내하겠습니다."

"암시장이라고 제가 다 아는 건 아닙니다. 애초에 걸리면 안 되니까……."

"나도 안다. 점조직 형태로 운영되는 거."

불법으로 운영되는 암시장인데 모든 규모를 정확히 파악하는 건 불가능했다. 거의 모든 게 인맥으로 굴러간다고 봐야 했다.

"뭘 원하시는 겁니까? 찾는 게 뭔지 알아야 안내를 하죠."

"일단 독부터 시작하자고."

"독이라면……."

"모르면 모른다고 말해라. 물론 돈도 내놓아야지."

"다행히 취급하는 사람을 알고 있습니다!"

"잘됐네. 바로 가자고."

앞으로 있을 싸움도 싸움이지만, 수현은 마법에도 관심을 기울이고 있었다. 사용 가능한 마법을 점점 늘려가는 건 상상만 해도 가슴이 뛰었다.

그러나 역시 마법을 익히는 건 만만하지가 않았다.

그나마 조건이 적은 마법도 재료가 워낙 희귀하거나 모르는 물건이어서 어떻게 찾을지 감이 잡히지 않았고, 그 고생을 해서 배울 필요성까지는 느껴지지 않았다.

수현은 이미 염동력이 있기 때문이었다.

수현의 염동력은 초능력 중에서도 거의 최상위에 있는 초능력이었다.

전생에서는 출력이 약점이었지만 이제는 그 약점조차도 해결이 되었다.

보통 염동력을 쓰는 초능력자라고 해도 수현처럼 범용성 좋고 한계가 없는 염동력을 쓰는 초능력자는 드물었다.

창 형태로 고정된 염동력을 투척만 가능한 초능력이라거나, 아니면 근처의 금속에게만 적용 가능한 염동력이라거나. 이렇게 특정 조건으로 한계가 명확하게 적용된 초능력이 대부분이었던 것이다.

그런 면에서 수현의 염동력은 한 형태로 고정된 게 아니라 다양하게 사용 가능했다.

범용성에서는 거의 최강이라고 봐도 좋았다. 위력 문제도 해결됐으니, 어지간한 공격 마법은 굳이 희귀한 재료를 모아가며 익힐 필요성을 느끼지 못했다.

오히려 치유나 원견 마법처럼 다양하게 응용 가능한 마법이 끌렸지만…….

'역시 재료가 문제야.'

만만한 게 없었다. 차라리 임무 도중에 얻게 되는 재료에 맞춰서 배울 마법을 정하는 게 현실적일 것 같았다.

"여기입니다."

평양에서는 온갖 형태의 건물들을 발견할 수 있었다.

프란조가 멈춘 곳은 천장이 낮아 보이는 좁은 가게였다. 얼핏 보면 오래된 한약방을 닮은 겉모습이었다.

문을 열고 안으로 들어가자 정체를 알 수 없는 물건들이 빽빽하게 들어차 있었다.

"주인 어디 있어?"

"저 안쪽에…… 비요른 씨. 비요른 씨!"

"나 여기 있다."

"……?"

그제야 수현은 대답한 사람이 인간이 아니라는 걸 깨달았다. 그의 가슴팍 정도밖에 오지 않는 키. 드워프였다.

"드워프에 엘프에……. 기껏 여기에 와서 하는 게 밀거래?"

인간 사회에 잘 적응하는 이종족들도 있었지만 그렇지 않은 부류도 있었다.

카메론 행성의 뒷골목에서 일하는 이종족은 드문 존재가 아니었다.

"이놈 뭐야? 왜 오자마자 헛소리를 해?"

비요른이라고 불린 드워프가 짜증을 내며 걸어 나왔다. 드워프라고 해봤자 인간과 크게 다른 건 아니었다. 키만 작고 근력이나 체력 면에서 조금 우월할 뿐이지, 외모는 비슷했다.

"손님입니다, 비요른 씨. 제가 데려왔죠. 독을 찾는다고 해서……."

"네 소개는 믿을 수가 있어야지."

비요른은 둥근 의자 위에 털썩 주저앉더니 둘에게도 앉으라고 손짓했다.

"그래서. 손님이라고?"

"예."

"믿을 만한 놈이고?"

"어…… 그건 제가 보장합니다."

프란조는 일단 그렇게 말했다. 데리고 온 이상 자신감 있게 말하지 못한다면 그한테까지 불똥이 튀었다.

그가 보기에, 수현은 정부 쪽 인물과는 거리가 멀었다. 애초에 수현이 정부 쪽 인물이라면 어스 드래곤 고기라고 사기를 쳤을 때 잡혔어야 했다.

'저런 놈이 단속반일 리가 없지.'

"네 보장이 무슨 의미가 있다고. 신분 증명할 거라도 있나?"

"신분증?"

"그거야 의미 없고. 뭐 하는 놈이지?"

"용병."

"흠……."

비요른은 턱수염을 쓰다듬으며 수현의 위아래를 훑어보았다.

"용병으로 일하면서, 독을 찾는 놈이라……. 평범한 걸 찾는 놈은 아니로군."

"당연하지. 평범한 걸 찾는다면 왜 여기에 왔겠어?"

"돈은 있고?"

"살 정도로는 충분히 갖고 왔으니 걱정하지 말라고."

"먼저 보여줘."

수현은 품속에서 전자카드를 꺼냈다. 추적 불가능한, 비밀번호만 입력하면 바로 돈을 뽑을 수 있는 편리한 수단이었다.

트롤 사냥에, 이번 일의 성공까지 겹치자 수현은 빠르게 억대의 돈을 쌓아 올릴 수 있었다. 그러나 카메론 행성은 버는 만큼이나 써야 할 곳도 많았다. 많이 벌었다고 돈을 아끼는 건 멍청한 짓이었다.

"확인해 보시지."

"돈 있고, 용병이면…… 좋아. 프란조. 저놈 몸수색해 봐라. 전자기기 있으면 다 빼서 꺼."

프란조는 당황한 시선으로 수현을 쳐다봤지만, 수현은 태연하게 고개를 끄덕였다. 불법적인 거래를 하는데 이 정도는 당연한 일이었다.

"그, 그럼 하겠습니다."

"내가 너 잡아먹기라도 하냐? 빨리하라고."

수현은 별다른 걸 갖고 오지 않았다. 스마트워치 하나가 전부였다. 전원을 끄고 올려놓자 비요른은 일어나서 안으로 걸어 들어갔다.

"따라 들어와."

"……."

통로의 안에서는 독특한 냄새가 났다. 여러 가지의 원료가 섞여서 만들어지는 냄새였다

"허튼짓하지 마라. 여기서부터는 죽어서 나가도 아무도 모르니까."

"협박 잘하시네."

수현은 웃으며 비요른의 말을 흘려 넘겼다.

'이놈 봐라?'

"특별히 원하는 게 있나?"

"타이요사의 오니고로시. 한 자릿수대로."

"……!"

비요른은 고개를 돌려 수현을 쳐다보았다. 그의 표정에는 숨길 수 없는 경악이 드러나 있었다.

"오니고로시? 거인이라도 잡으러 가나?"

"그 독을 어디에 어떻게 쓰는지는 내 자유일 텐데. 암시장에서 장사하면서 왜 이렇게 쓸데없는 관심이 많아?"

"이거 미안하게 됐다."

"그래서…… 있나? 없나?"

"있는 건 1번, 2번, 6번, 7번, 9번이다."

"많이도 빼돌렸군. 나야 좋지만. 전부 사지."

"……."

평범한 놈이 아니라는 것은 느끼고 있었지만, 전부 다 사겠다는 걸 듣고 비요른은 호기심이 솟구치는 걸 느꼈다. 그러나 그는 이런 장사를 하면서 깊이 캐묻는 건 자살행위라는 걸 알고 있었다.

'무슨 일을 하려고 이런 걸 사는 거지?'

위험한 도전을 하는 탐험가나 용병은 언제나 관심의 대상이었다. 그들이 성공하든 실패하든 새로 얻어오는 정보는 돈이 되는 것이다.

“얼마지?”

비요른은 대답 대신 손가락을 폈다.

“5백? 너무 양심적인데?”

“무슨 헛소리를 하는 거냐? 5천이다.”

“이런 미친. 10배나 남겨 먹으려고? 너무 양심 없는 거 아니야?”

수현이 돈을 아끼는 사람은 아니었지만, 이렇게 노골적으로 장사하는 걸 보고 넘길 사람은 아니었다.

비요른은 다른 것에 놀라고 있었다. 불법적인 독을 찾는 사람이라도 타이요사의 오니고로시 독을 찾는 사람은 드물었다. 작은 회사인 데다가 판매를 시작한 지 얼마 되지도 않았는데 금지를 받은 것이다.

그러나 눈앞의 남자는 오니고로시의 원가까지 꿰고 있었다.

“천으로 하자고. 두 배면 충분하잖아.”

“그럴 거면 이 장사 왜 해? 4천5백까지는 해줄 수 있다.”

“천. 어때?”

“4천 이하로는 절대 못 내려가.”

"내가 정말 양보했다. 천."

"아니, 이 빌어먹을 인간 새끼가 누구를 호구로 아나?!"

수현이 가격을 올리는 것처럼 말하면서도 천에서 가격을 올리지 않자 비요른이 울컥해서 소리쳤다.

"지금 장난하는 줄 아나? 어디서 개수작이야?!"

"난 한없이 진지한데?"

"내가 아까 여기서 죽어서 나가도 아무도 모른다고 했던 말이 우습게 들렸다 이거지?"

"해볼 수 있으면 해봐."

"……!"

수현은 눈 하나 깜박이지 않고 비요른을 내려다보았다.

"보아하니 저 뒤에 숨겨놨나? 그거 당기기만 하면 나올 텐데. 한 번 해보라고. 나도 돈 안 내고 받아가면 좋지."

"……!"

비요른은 등 뒤에서 땀이 나는 걸 느꼈다. 여기 찾아온 사람 중 수현 같은 사람은 처음이었다. 만약의 상황을 대비해서 숨겨놓은 경호원의 위치까지 완전히 꿰고 있다니.

그는 고개를 돌려 프란조를 노려보았다. 졸지에 비요른을 함정에 빠뜨리게 된 프란조는 사색이 되어 손을 흔들었다.

"너 이 자식……."

"저, 저는 아무것도 모릅니다!"

"이봐. 타협하자고."

팽팽하던 분위기를 끊은 건 수현의 목소리였다. 몰아쳤으니 이제 적당히 물러서 줄 시간이었다. 여기서 싸우는 건 수현도 원하지 않았다.

전부 다 제압하는 건 쉬웠지만 그다음부터 암시장을 이용하는 건 불가능하다고 봐야 했다.

수틀리면 힘을 쓰는 놈을 고객으로 두고 싶어 하는 사람은 없었으니까.

"감정이 격해져서 이렇게 다투게 됐는데……. 사실 그럴 필요는 없잖아? 내가 고집을 부려서 미안하게 됐어. 2천5백 정도로 하자고."

"……."

비요른은 잠시 침묵하더니 고개를 끄덕였다. 여기서 고집을 부려봤자 좋은 꼴은 못 보리라는 걸 짐작한 것이다.

상대방은 막 나가는 놈은 아니었지만 그보다 더 위험한 놈이었다. 위협을 협상 수단으로 가차 없이 사용할 수 있었다.

"좋아. 내가 양보해 주지."

"이거 고맙게 됐어."

수현이 싱글거리며 고개를 숙였다. 협상에서는 그가 성공했으니 상대방의 체면을 세워줄 필요가 있었다.

비요른은 불만스러운 표정이었지만 더 이상 말하지 않

았다.
"아, 그리고 한 가지 더."
"……?"
"다섯 개나 빼돌렸을 정도면 분명 다른 것도 있을 거 같군. 두 자릿수 모델도 있나?"
"그거야 있지만……."
1번대부터 9번대까지 있는 타이요사의 독은 각각 완성된 독으로 그 악명이 높았지만, 10번대를 넘어가는 독은 완성되지 않은 원료에 가까웠다. 각각의 성능은 보잘것없었던 것이다.
"얼마나 갖고 있지?"
"그건 세트로 다 갖고 있다. 안 나가는 물건이니까."
"그렇겠지. 누가 그걸 귀찮게 직접 조합하겠어. 그거까지 전부 합쳐서……."
"전부? 전부 사겠다고?"
"그러면 안 되나?"
"혹시 블렌딩 기술자였나?"
비요른은 수현이 독을 대량으로 구매하는 것에 관심을 가졌다. 완성품이 아닌 원료를 사는 건 블렌딩 기술자 말고 없었으니까.
수현은 대답 대신 피식 웃었다. 그러나 비요른에게는 충분한 대답이 되었다.

"독 블렌딩 기술자라면……. 돈 되는 일에는 관심 없나?"

솜씨 좋은 독 블렌딩 기술자라면 누구나 탐을 내는 인재였다. 특정 몬스터 상대로 최적의 효과를 내는 맞춤 독. 기술만 알면 어마어마한 돈을 벌 수 있다.

"이미 돈 되는 일을 하고 있어서 말이지."

"관심 생기면 찾아오라고."

비요른이 암시장에서 장사를 하고 있는 건 하루 이틀이 아니었다. 사람을 보면 어떤 사람인지 대충 파악이 갔다. 수현은 분명히 걸물이었다.

찾는 것부터 시작해서 위협에 대응하는 태도까지. 저런 모습은 능력이 없다면 보여줄 수 없었다.

"자, 그러면 이걸 또 흥정해 볼까?"

"……."

"좋아. 이걸로 저번의 빚은 잊어주지."

"감, 감사합니다."

프란조는 울상을 지으며 고개를 끄덕였다. 마지막에는 서로 좋게 끝나서 다행이지, 그렇지 않다면 비요른한테 찍힐

뻔한 것이다.

독을 대량으로 구매했지만, 양은 그렇게 많지 않았다. 애초에 독은 양으로 승부를 보는 물건이 아니었다.

'그보다 독 관련해서도 마법이 있었던 것 같은데…….'

러벤펠트의 마도서에서 분명 본 기억이 있었다. 수현은 기억을 되살려 다시 한번 찾아보았다.

[독공(毒功)]

아바이람의 독 : 0/1

호메프의 독 : 0/1

블라드솔람의 독 : 0/1

…….

셀 수 없을 정도로 목록이 길었다. 게다가 어디서 구할 수 있는 놈인지도 모르는 게 수두룩했다. 전부 다 독이라는 공통점은 가지고 있었지만, 이 정도 숫자면 모으기 힘든 건 마찬가지였다.

'독공이라면……. 독 자체를 다루는 능력인가. 탐나긴 하네.'

수현처럼 독을 다룰 일이 많은 사람한테는 탐나는 능력이었다. 정확히 어떤 식으로 독을 다루는 것인지는 알 수 없었지만 마법의 효용성을 봤을 때 얻어서 손해 볼 일은 없었다.

마법은 아쉬웠지만 대충 준비는 끝났다. 이제 한 가지만 추가하면 됐다.

"활? 그거야 있지만……."

저번에 김창식과 트롤 사냥을 위해 찾아갔던 총포상에 가자 주인은 당황한 표정을 지었다. 물론 총만 파는 게 아니니 활도 있기는 있었다. 그러나 몬스터 상대로는 어지간해서는 쓰지 않는 무기다.

소음 하나 완벽하게 없애는 것치고는 손해 보는 게 많은 무기였기 때문이었다.

"컴파운드 크로스보우 말하는 거지?"

기계식 장치로 현대적인 개량을 거친 석궁은 총기에는 밀리지만 충분히 경쟁력을 가지고 있었다.

"아뇨, 그냥 활이요."

"뭐? 대체 뭘 잡으려고? 이 주변에 그렇게 만만한 몬스터가 있나?"

"있으니까 사는 거죠."

주인은 이해가 가지 않는 표정이었지만, 수현이 다시 한번 재촉하자 순순히 활을 꺼냈다. 심지어 컴파운드 보우도 아닌 리커브 보우를 사는 수현이 이해가 가지 않았다.

'뭘 잡으려는 거야?'

시위를 가볍게 튕긴 수현은 고개를 끄덕였다. 몬스터를 사냥할 게 아니었기에 이 정도 위력이면 충분했다.

활은 총에 비해 절대적으로 불리한 무기지만, 몇몇 조건이 맞춰진다면 쓸 만해진다.

총의 소음은 아무리 줄인다고 해도 한계가 있었다. 몬스터 정도는 속일 수 있어도 총의 소리를 잘 알고 있는 인간까지 완전히 속일 수는 없었다.

게다가 만약 이번 습격이 실제로 이뤄진다면 만만한 놈들이 찾아오지는 않을 것이다.

의외로 이런 무기가 그런 놈들의 허를 찔러줄 수 있었다. 평상시 상대하는 것과 다른 데다가, 무엇보다 수현에게는 염동력이 있었다.

준비는 대충 끝났다. 이제 팀원을 데리고 팀장으로서 첫 번째 일을 할 시간이었다.

"진돗개 측에는 말 전했습니까?"

"말한 대로 해뒀다. 협조 요청은 거절했지만."

"뭐. 그거까지 바랄 수는 없죠."

수현은 조승현의 대답을 듣고 고개를 끄덕였다. 힘을 빌릴 수 있다면 편하게 갈 수 있었지만, 그들이 가져야 할 것에 손을 뻗은 이상 그 정도 기대까지는 하지 않았다.

'어차피 여차하면 끌어들일 수 있으니까.'

그 상황에 필요한 전력만 거기에 있으면 됐다. 일단 경고를 했으니 진돗개 측에서도 캘커타 쪽으로 전력을 보낼 것이다.

이런 상황에서 저런 말을 듣고 태연하게 있을 회사는 없었다.

"주목!"

수현의 힘 있는 목소리가 자리에 모인 대원들 사이에 울려 퍼졌다.

팀원에서 팀장으로 된 지 얼마나 됐다고, 팀장으로서 행동하는 게 정말로 자연스러웠다. 그 천연덕스러운 태도에 대원들은 혀를 내둘렀다.

"우리는 지금부터 캘커타 지역으로 들어간다. 표면적인 이유는 레드우드 숲 주변의 순찰과 몬스터 제거지만, 실질적인 이유는……."

대원들이 긴장한 표정으로 고개를 끄덕였다. 다시 들어가는 이유는 이미 알고 있었다.

레드우드 숲을 목표로 테러가 일어날 가능성이 있다.

그들은 그걸 막기 위해 들어가는 것이었다. 몬스터와의 싸움과는 다른 의미로 긴장되었다.

"뭐, 다들 알고 있겠지. 들어가기 전에 몇 가지 주의 사항을 알려주겠다. 목적지에 도착하면 아마 진돗개 측 팀이 먼저 도착해 있을 거다. 얼마나 와있을지는 모르지만 저번 임무처럼 친하게 지내기는 힘들겠지."

대원들 사이에서 피식거리는 웃음이 새어 나왔다. 그들도 저번 일이 끝나고 나서 진돗개사와 무슨 일이 있었는지 알고 있었다.

진돗개 팀이 실수한 덕분에 그들이 레드우드 숲에 대한 권한을 얻을 수 있었던 것이다.

"친하게 지낼 필요는 없다. 다만 위치는 확실하게 기억해 둬라. 그리고 만약의 상황이 터지면, 무조건 그쪽으로 이동해라."

"……?!"

"만약 습격이 있다면 놈들은 숲의 파괴를 우선할 거다. 방해를 한다면 공격을 하겠지만 도망치는 놈을 먼저 쫓지는 않겠지. 괜히 숲을 지키겠다고 객기를 부리는 놈이 있으면 끝나고 나한테 죽을 줄 알아라."

대원들은 수현의 말이 이해가 가지 않아서 서로를 멀뚱히 쳐다보았다. 마치 '네가 물어봐'라고 미루는 태도였다.

결국 그나마 수현과 가장 친하게 지낸 김창식이 손을 들었다.

“저, 음, 팀장님. 질문이 있습니다.”

“뭐지?”

“저희 팀은 레드우드 숲을 지키러 가는 게 아닙니까?”

“맞다.”

“그런데 적이 덤벼오면……. 싸우는 게 아니라 진돗개 측이 있는 곳으로 도망칩니까?”

“잘 이해했다. 바로 그거야.”

“????”

“불만이 있는 사람들이 있는 거 같은데. 혹시 목숨 걸고 싸우고 싶은 사람이 있나? 그렇다면 말하라고. 그런 사람은 따로 배려를 해줄 테니까.”

대원들은 바로 입을 다물었다. 만약의 상황이 터졌을 때 싸우지 않고 후퇴한다는 건 이해가 가지 않았지만, 위험한 것보단 나았으니까.

죽을 각오로 싸우라는 건 말이야 좋았지만 그걸 직접 실행해야 하는 입장에서는 목숨을 걸어야 한다.

“진돗개 팀은 우리와 같이 일하는 걸 싫어하겠지만 만약의 상황에서는 어쩔 수가 없을 거다. 테러리스트가 숲을 공격하고 우리가 그쪽으로 이동하면 같이 싸우겠지. 설마 테러리스트가 숲을 우리가 차지한 부분만 파괴하지는 않을 테니까.”

"근데 그러면 우리가 차지한 부분이 먼저 박살 나지 않습니까?"

"그 정도야 감수해야지. 아까 목숨 걸고 싸우고 싶으면 말하라고 했을 텐데."

"그, 그건 아닙니다."

레드우드 숲은 탐낼 만한 자원이었다. 게다가 대규모 산지가 하나 날아가 버린 지금이라면 더더욱.

그러나 엉클 조 컴퍼니 정도 되는 회사가 지속적으로 이 숲을 관리해서 수익을 뽑아낼 수 있는지에 대해서는 회의적이었다. 상황이 평화적이라면 모를까. 욕심을 내는 놈들이 한둘이 아닐 것이다.

그럴 바에는 적당한 보상을 약속받고 넘기는 게 나을지도 몰랐다. 만약 이 숲에 대한 권한을 다시 팔아야 한다면?

'역시 정부 측에 넘기는 게 가장 좋아.'

한국군은 국내 민간 회사와 협력해서 레드우드 숲을 관리하고 있었다. 그걸 통째로 날려 버렸으니 그들로서도 골치가 아플 것이다.

그런 상황에서 새로 나타난 레드우드 숲은 매우 매력적인 거래 대상이었다.

다른 대기업에 넘겨도 막대한 보상은 정해져 있었지만, 수현은 처음부터 정부 측으로 가닥을 잡고 있었다.

'결국 마지막에 남는 용병 회사는 정부와 가까이 지내는 곳이니까.'

카메론 행성에 진출한 각국의 군대가 치안 유지와 병력 손실 때문에 더 이상 탐험을 하지 않는 동안, 용병 회사들은 신이 나서 기세 좋게 활동하고 있었다.

그러나 결국 이 행성에서 가장 강력한 건 군대였다.

시간이 가면 갈수록 정부의 지원을 받으며 일하는 회사와 그렇지 않은 회사는 차이가 나게 될 것이다. 한시라도 빨리 정부에 줄을 대야 한다.

수현은 이번 사건에서 두 가지를 얻으려고 했다. 하나는 온전한 레드우드 숲이었다.

대원들에게는 만약의 상황이 일어나면 바로 진돗개 팀이 있는 곳으로 후퇴하라고 했지만, 레드우드 숲을 포기할 생각은 없었다. 가능한 최선을 다해 보호할 생각이었다.

그리고 두 번째는 이번 테러의 범인이었다. 다들 레드우드 숲을 지키는 것에만 집중하고 있었지만, 이번 테러를 누가 일으켰는지도 충분히 가치 있는 정보였다.

정부는 언제나 능력 있는 용병 회사를 구한다. 탐험을 위해 군을 동원할 순 없지만, 그렇다고 가만히 있기에는 카메론 행성은 지나치게 매력적인 곳이었다.

테러리스트의 공격을 막고 범인의 정체를 알아낸다. 이것만으로도 정부 측에 그들의 유능을 어필하기에는 충분하다. 거기에 온전한 레드우드 숲이 있다면 더더욱 좋았다.

이것 때문에 위험부담을 안고 참여했다. 대략적인 지시를 끝낸 수현은 대원들을 한 번 둘러보고서 말했다.

"출발!"

이동은 그다지 어렵지 않았다. 대원들의 모습에서도 어느새 캘커타 정글 지대에 익숙해진 티가 났다. 가끔 마주치는 몬스터는 어렵지 않게 쓰러뜨렸다.

차이점이 있다면 대원들의 태도였다. 예전에는 편하게 말을 걸었지만, 이제는 팀장으로 명백히 선을 그은 수현이었기에 편하게 말을 걸지 못했다.

그나마 편하게 말을 걸어주는 건 김창식 정도였다.

"저, 팀장님."

'이 인간은 넉살도 좋군.'

하루아침에 위치가 뒤바뀌었는데 아랑곳하지 않고 대할 수 있는 것도 나름 대단한 능력이었다.

"뭐지?"

"결국 진돗개 측과 같이 싸워야 한다면 놈들 전력도 중요한데, 놈들이 그만큼 보낼까요?"

"충분히 보낼걸."

이제 와서 발을 빼기에는 늦었다. 진돗개는 너무 많은 투자를 했다. 여기서 레드우드 숲이 박살이라도 난다면 그들의 피해가 만만치 않을 것이다.

조승현이 얼마나 설득력 있게 말했을지는 알 수 없었지만 그의 능력은 신뢰가 갔다. 분명 진돗개 측에서도 진지하게 위험을 고려했을 것이다.

"정지. 먼저 온 놈들이 있군."

"……?"

"저기 감지기가 있잖아."

수현이 가리킨 곳을 본 대원들은 애써 놀라움을 감췄다. 이 정신없는 곳에서, 대놓고 설치된 것도 아닌 감춰진 감지기를 발견하다니.

'투시 능력이라도 있는 거 아냐?'

"테러리스트 놈들이 이런 걸 설치하지는 않았겠지. 아마 먼저 온 진돗개 팀이 설치했을 거다. 기다리면 마중을 나오겠군."

수현의 말이 끝나기도 전에 멀리서 움직이는 소리가 들렸다.

"정지! 움직이지 마라!"

"진돗개 팀인가?"

"그렇다. 너희는 누구지?"

"엉클 조 컴퍼니다. 미리 들었을 텐데."

그 말을 듣자 나타난 상대방의 얼굴에서 경계심이 살짝 풀렸다.

"그렇다면 그쪽 구역으로 빨리 가라고. 우리 쪽에서 어슬렁거리지 말고."

"이거 미안하게 됐군. 빨리 가지. 잠깐."

물러서려고 하던 진돗개의 대원은 수현의 말에 고개를 돌렸다.

"뭐 좀 물어봐도 되나?"

"친한 척하지 말아줬으면 좋겠는데."

"그러지 말고. 이런 곳에서 같이 일하는 처지잖아? 언제 서로 도와줄 일이 생길지 알고."

"무슨……."

"정말 장담할 수 있나? 난 치유 능력자라고. 이런 곳에서 내 도움을 받을 일이 없다고 장담할 수는 없을 텐데."

엉클 조 컴퍼니 안에 치유 능력자가 있다는 사실은 이미 퍼져 있었다. 같이 일한 진돗개 회사 안이니 더더욱. 그리고 치유 능력자는 언제나 도움이 되는 인재였다.

"뭔데? 그렇게 말해도 안 되는 건 안 돼."

남자의 기세는 한풀 꺾여 있었다. 수현은 싱긋 웃으며 말했다.

"별거 아니야. 진돗개 쪽에서 누구를 보냈는지 궁금해서. 그 정도는 물어봐도 괜찮잖아?"

"……우리 팀하고 9팀, 그리고 1팀이 왔다."

대답을 들은 수현의 표정은 멀쩡했지만 다른 대원들의 표정은 돌변했다. 1팀이라니. 진돗개 정도 되는 회사의 1팀은 결코 가벼운 의미가 아니었다.

"너희 팀이 몇 팀인데?"

"우리는 10팀이다."

"아. 그 10팀……."

최재호가 자기네 10팀이 엉클 조 컴퍼니 1팀보다 낫다고 떠들었던 게 생각났다.

"그럼 됐지?"

"고마워. 고마워. 나중에 다치게 되면 한 번은 무료로 치료해 주지."

"흥. 그럴 일이 있을까."

진돗개의 대원은 동료와 합류한 후 다시 돌아갔다. 원견으로 그들의 위치를 확인한 수현은 고개를 끄덕였다.

"진돗개 팀은 이 좌표에 있다. 무장이 장난 아니군. 만약의 경우 여기로 가라고."

"팀장님, 저쪽에서 1팀이 왔다는데 안 놀라십니까?"

"우리도 1팀이잖아."

대원들은 어이가 없다는 표정으로 수현을 쳐다보았다.

"그게 그렇게 동급이……."

"됐고, 진돗개 쪽에서 강한 전력을 보내면 좋은 거지. 왜 너희들이 겁을 먹어? 쓸데없이 겁먹지 마. 겁먹을 일은 앞으로 많을 텐데."

수현의 말에 대원들이 무의식적으로 침을 삼켰다.

13장
대결

"진돗개 1팀 정도면 꽤 유명하겠군. 자세히 아는 사람?"

"팀장이 유명한 초능력자입니다."

"그거야 당연하겠지. 다른 초능력자는?"

"몇 명 더 있었는데, 자세한 건 소문만 듣고 잘……."

1팀은 회사의 얼굴이었지만, 동시에 회사의 가장 큰 전력이다. 어지간히 이름이 알려진 팀장 정도가 아니라면 자세한 능력은 알려지지 않아도 이상할 게 없었다.

"1팀 팀장은 얼음을 다룬다고 들었습니다."

"빙결 계통은 언제나 쓸 만한 능력이지. 1팀 팀장 정도면 상당하겠군."

같은 능력이라고 해도 사용자에 따라 천차만별이었다. 한

쪽이 얼음으로 기껏해야 화살 정도를 만들 때 다른 쪽은 거대한 빙산을 만들 수도 있었다.

“궁금하긴 한데 일단 우리 일부터 하자고. 위치는 확인해 뒀으니 여차하면 저쪽으로 도망치고……. 우리는 우리 구역으로 이동한다.”

“감지기 꺼낼까요?”

“좋은 생각이야.”

수현은 그렇게 말했지만, 속으로는 회의적이었다. 감지기는 대몬스터용이지 대인간용이 아니었다.

그처럼 경험과 감으로 감지기의 위치를 잡아내는 사람도 있을뿐더러 감지기를 역으로 잡아내는 탐지기도 있었던 것이다. 기습을 가하는 놈들이 준비를 제대로 해왔다면 그 정도는 알아낼 수 있을 것이다.

그렇지만 그렇다고 안 할 수는 없었다. 적의 주의를 끄는 것만으로도 충분히 효과가 있었으니까.

팀원들은 곧바로 숲 쪽으로 이동했다. 레드우드 숲을 나눠서 가졌지만 영역이 아예 떨어져 있는 건 아니었다. 그들은 멀리서 움직이는 인기척을 느낄 수 있었다.

“저쪽은 어떻게 방어할 생각이지?”

“몰라. 저쪽이야 전력 빵빵하니 정면으로 붙어도 되지 않나?”

"남 걱정은 그만하고 움직여. 둘은 감지기 설치하고 돌아와라."

"옙!"

어쨌든 간에 대원들은 해야 할 일이 무엇인지는 잘 알고 있었다. 그들은 순순히 숲의 가장자리와 그 주변에 감지기를 설치하기 시작했다. 수현은 만약의 사태를 대비해 주변을 원견으로 살폈다.

"저……. 팀장님."

"……?"

이소희 같은 사람이 머뭇거리면서 말을 꺼내는 건 드문 일이었다. 수현은 고개를 돌려서 그녀를 쳐다보았다.

"진돗개 1팀 팀장에 대해서는 제가 자세히 알고 있습니다."

"뭐라고요? 어떻게?"

"……1팀 팀장 이정우는 제 오빠입니다."

"……?!"

수현은 놀랐지만 곧바로 표정을 되돌렸다. 굳이 이걸 따로 말한다는 건 다른 사람들에게는 알리고 싶지 않다는 것이나 다름없었다.

'사이가 안 좋은 편인가?'

여기서 일하는 사람치고 사연 없는 사람이 드물다. 사이가 안 좋은 가족을 모르는 척하는 건 특별한 일도 아니었다.

"다른 사람한테는 알리고 싶지 않은 사실인가 봅니다?"

이소희는 대답 대신 고개를 끄덕였다.

"그러면 저만 알고 있겠습니다. 아는 건 다 말해주시죠."

"1팀에 대해서는 저도 다른 사람들과 비슷하게 알고 있습니다. 대부분이 초능력자일 거고, 기껏해야 한둘 정도만 일반인일 가능성이 큽니다. 그나마 그 인원도……."

"파워 아머 파일럿이겠죠. 팀장은요? 어떤 사람입니까?"

"리더로서는 나름 괜찮은 사람입니다. 냉정하고 결단력 있고요."

'남매가 성격이 비슷한가?'

"초능력은 어떤 형태입니까?"

"몬스터보다는 인간에게 더 위협적인 초능력입니다. 물론 몬스터를 상대로도 충분히 위협적이지만……."

이정우의 초능력은 얼음을 다루는 능력으로 알려져 있었지만, 구체적인 능력은 알려진 이미지와는 달랐다.

상대를 얼리거나 얼음 덩어리를 하나씩 쏘아내는 게 아닌, 허공에 대량의 얼음을 생성한 후 자잘한 얼음 조각들을 계속해서 난사하는 형태의 초능력.

하나하나가 초능력으로 생성된 만큼 몬스터 상대로도 유효한 데미지가 들어갔다. 인간이 상대일 경우에는 더 말할 필요가 없었다.

'확실히 쓸 만하겠군.'

대 몬스터 상대로는 약점이 드러나도 인간 상대로는 약점이 드러날 일이 적어 보였다. 제대로 상황만 잡아도 혼자서 적을 몰살하는 게 가능했다.

'이렇게 되면 더더욱 몰아주고 싶어지는데…….'

가장 이상적인 건 적과 부딪히지 않고 적을 진돗개 쪽으로 유도하는 것이었다. 격돌이 일어난 상황에서 적의 정체를 파악하고, 가능하면 한 놈 정도 생포를 해서 증거로 확보한다.

물론 현실은 달랐다. 수현은 공격을 한다면 아마 그들이 있는 곳부터 먼저 공격하리라고 예상하고 있었다. 명백히 약해 보이는 구멍이었으니까.

진돗개 팀도 감정이 있으니 자기 구역을 넘어서까지 적극적으로 나서서 도와주지는 않을 것이고, 습격자들도 만만해 보이는 곳부터 먼저 파괴하고 들어갈 것이다.

'유도를 잘해야겠지.'

"설치 끝났습니다."

"수고했어. 저쪽 공터로 이동해서 조금 쉬자고."

"저 공터를 말하는 거라면 이미 진돗개 팀이 있을 텐데요?"

"괜찮아. 그거 가지고 뭐라고 하지는 않을 테니까. 그쪽이 전세를 낸 건 아니잖아."

수현의 호언장담에 대원들은 살짝 불안한 기색이었지만

더 이상 토를 달지 않고 뒤를 따랐다.

공터에 이미 자리를 잡고 있던 진돗개의 팀원들은 얼굴을 찌푸렸지만 뭐라고 말을 하지는 않았다.

여기서 우리 자리라고 말한다면 일이 유치해지는 걸 알고 있었기 때문이었다.

"그러면 난 잠깐 정찰 좀 하고 올게."

"예?"

"보조할 사람을 데리고……."

"됐어. 혼자가 편해."

수현의 능력은 알고 있었지만, 아무리 그래도 혼자서 움직이는 건 쉽게 받아들이기 힘들었다.

게다가 그는 이제 팀장이었다. 멋대로 움직였다가 죽기라도 한다면 일 자체가 꼬인다.

"여기서 쉬면서 체력이나 회복하고 있으라고."

수현은 그렇게 말하고 움직였다. 무기 하나 들고 가지 않는 그를 팀원들이 우려의 시선으로 쳐다보았다.

감지기는 이 주변으로 들어오는 침입자를 만족시켜 줄 먹잇감에 지나지 않았다.

진짜 감지기는 다른 방식으로 설치할 생각이었다.

워낙 얇고 투명해서 밤에는 제대로 보이지도 않을 실.

지나가면서 끊더라도 눈치도 채기 힘들다. 그러나 수현 정도의 염동력 능력자라면 이것도 활용이 가능했다.

'대충 이 정도면 됐나?'

염동력의 출력이 강해진 덕분에 미세한 컨트롤이 힘들어졌지만 이미 적응은 대충 끝났다. 총량이 늘어난 것에 불평할 생각은 없었다.

돌아온 수현은 공터에서 흐르는 미묘한 분위기를 느끼고 피식 웃었다.

두 용병 팀이 서로를 모르는 척하면서 움직이고 있었던 것이다.

"통성명 정도는 하고 그래도 되지 않나? 여기 친화력 좋은 사람 몇 명 있잖아."

"지금 저 분위기를 보고서도 그런 소리를 할 수 있겠습니까?"

태연한 모습인 수현과 달리 진돗개 팀은 날카롭게 날이 서 있었다.

안 그래도 몬스터 때문에 위험한 구역, 테러 위험이 있다는 말을 들은 이상 더더욱 경계를 해야 했다.

"어차피 나중에는 싫어도 같이 싸우게 될 가능성이 큰데……. 그보다 1팀은 안 보이는데? 다른 곳에 있나?"

파워 아머 몇 대와 대원들.

그러나 그들 중에서 초능력자 같아 보이는 이들은 없었다.

초능력자를 구분하는 능력은 없었지만 1팀 팀장 정도 되는 사람이라면 수현이 보기에 어느 정도 티가 났다.

"다른 곳에서 대기하고 있는 것 같던데요."

"만약의 사태를 대비하는 건가. 머리 좀 썼군."

수현은 진돗개의 대원들을 유심히 훑어보았다.

지금이야 서로 경원시하고 있지만. 나중에 있을 전투나 혹은 그 이후에라도 같이 합을 맞추게 될 가능성이 없잖아 있었다.

이 업계는 넓은 것 같으면서도 좁았으니까.

쓸 만한 인재는 미리미리 파악해 두는 게 좋다. 빼 오지 못하더라도 이용할 수는 있었다.

"신입! 빨리빨리 움직여!"

"신입이란다. 큭큭."

진돗개 팀에서 부른 소리를 듣고 대원 중 한 명이 작게 웃었다.

얼마 전까지 수현을 부르던 게 생각이 난 것이다. 신입이라고 불린 대원은 허둥대며 달려갔다.

"생각해 보니 우리 쪽 신입은 저런 것도 없지 않았나? 신입이라면서 귀여운 맛도 없고……."

"한가한 놈 하나 있는 거 같은데. 일이라도 시켜줄까?"

"아닙니다!"

"늦었어. 총 들고 저기까지 뛰어갔다 오도록. 한 걸음 내디딜 때마다 쓸데없는 소리를 하지 말자고 소리쳐."

"정, 정말로요?!"

"거리 두 배로 늘려줘? 뛰어!"

속으로 욕설을 내뱉으며, 농담을 내뱉은 대원은 수현이 가리킨 곳으로 뛰었다. 수현의 성격상 제대로 하지 않으면 정말 두 배로 늘릴 거라는 걸 알고 있었기 때문이었다.

'그보다 저놈……. 어디서 봤었나?'

대원이 농담하는 것 정도는 상관없었다. 여유가 넘치는 것 같아서 잠시 조였을 뿐. 그보다 수현은 진돗개 팀의 신입이 신경 쓰였다.

비쩍 마르고, 어딘가 퀭한 것 같은 얼굴. 용병은 대체로 건장한 사람들이 많다는 점에서 보기 드문 모습이었다. 그런데 낯이 익었다.

'뭐지? 분명…… 내가 알고 있다면 좀 더 나이 들었을 때의 모습일 가능성이 큰데…….'

"인규야, 아직도 적응을 못 하면 어떻게 하냐? 여기는 군대가 아냐. 일 못 하면 회사가 널 데리고 있을 이유가 없다고."

"죄, 죄송합니다!"

'저주술사 강인규?!'

이름을 듣는 순간 수현은 그 신입이 누군지 깨달았다. 저주술사 강인규. 예전의 수현이 신분을 알고 있을 정도로 유명한 초능력자였다.

저주는 초능력 중에서도 상당히 독특하고 이질적인 초능력이다. 무엇보다 어지간한 수준으로는 활용하기가 힘들다는 게 큰 단점이었다.

그런 단점을 깨고 명성을 떨쳤다는 것 자체가 강인규의 대단함을 의미했다. 수현도 한때 대원들의 무기에 저주를 걸어 파괴력을 늘려볼까 고민한 적 있었다. 대원들이 전부 반대해서 교섭은 포기했었지만.

'뭐지? 아직 각성을 못 한 건가?'

초능력자의 각성은 종잡을 수가 없었다. 내일 각성할 초능력자라고 해도 오늘 그걸 알아내는 건 불가능했다.

이러다 보니 작은 회사의 용병이 각성을 해서 회사를 이끈다든가, 일개 대원으로 구박을 받던 사람이 각성을 해서 순식간에 지위가 상승한다든가 하는 일이 수두룩했다.

강인규가 아직 각성하지 않은 상태라면 저런 대우도 이해가 갔다. 초능력자의 가치는 결국 초능력이었으니까.

수현은 미소가 올라오는 걸 참았다. 어디서 초능력자를 구하나 고민했었는데, 이렇게 가까운 곳에 있었던 것이다.

진돗개 소속인 게 걸리긴 했지만 이 정도 신입을 빼내는 건 진돗개 측에서도 그다지 신경을 쓰지 않을 것이다.

'자. 어떻게 접근할까.'

중요한 건 접근 방식이었다. 진돗개의 말단 팀의 신입으로 들어갔지만, 솔직히 그것만으로도 엉클 조 컴퍼니 같은 새로운 용병 회사보다는 매력적으로 느낄 가능성이 컸다.

대형 회사의 장점은 그런 배경이었으니까.

그런 장점을 뚫고 빼 오려면 다른 것을 보여줘야 했다.

'역시 대우지.'

아무리 진돗개가 좋은 회사라지만 특별한 장점이 없는 신입에 대한 대우에는 한계가 있었다.

지금 대화와 분위기만으로도 알 수 있었다. 강인규는 아직 어떤 장점도 보이지 못한 상태였다.

미래에 대한 고민과 현재 상황에 대한 고민으로 머리가 복잡할 상황.

이럴 때 들어오는 제안은 무엇보다 효과적이었다.

대화할 틈을 보는 건 수현에게 쉬운 일이었다. 경계를 위해 여기에 왔다지만 대원들이 계속 날을 세우고 있는 건 아니었다.

수현도 확신을 하지 못하는 상황인데 이들이라고 그럴 리 없었다.

'감지기하고 보초인가.'

감지기를 사방에 배치하고 곳곳에 보초를 세워 습격에 대비한다. 정석적인 경계였다.

언제 들어올지 모르는 공격에 대비하는 것이기에 이들의 배치는 기본에 충실했다.

'이 상황에서 해결이 안 되면 어딘가에 있는 1팀이 지원으로 나오는 건가. 괜찮군.'

1팀의 힘을 무시하지는 않았다. 진돗개 정도 되는 회사의 1팀은 분명 강력할 것이다.

상황이 꼬이지 않는다면 그들만으로 습격에 대응할 수 있을 정도로.

그렇지만…….

'상대방이 어떤 놈인지 모르니 문제야.'

1팀이 대단하긴 하지만 결국 전문은 카메론 행성의 몬스터였다.

그에 비해 습격자는 이런 공작의 전문가. 그런 부류가 어떤 자들인지 수현은 아주 잘 알고 있었다. 강한 초능력자를 상대하는 데에는 이골이 났을 것이다.

"많이 힘들어 보이는데, 도와줄까?"

"예? 아, 아니요. 괜찮습니다."

제대로 눈도 맞추지 못하고 위축된 모습. 타 회사, 그것도 자기가 소속된 회사보다 작은 회사의 용병한테 이렇게 기가 죽은 모습을 보여주는 것도 신기했다.

어지간히 소심하지 않다면 이런 모습을 보여줄 리 없었다.

'거 참. 신기하군. 이런 놈이 나중에 그 저주술사가 된다 이건가?'

사람의 성격은 바뀔 수 있다지만, 그래도 소문으로 듣던 모습과는 정반대인 모습을 보자 신기한 건 어쩔 수 없었다. 잔혹하고 강력한 초능력자의 모습을 생각했었는데…….

"힘들 텐데 도와주지. 다른 사람들은 안 하나? 아까부터 보니까 혼자서 잡일을 다 맡아서 하고 있는 것 같은데."

"제가 신입인데요, 뭘."

물을 떠 오는 것부터 시작해서 잡일이란 잡일은 다 맡고 있었지만, 강인규의 표정에 불만은 보이지 않았다.

신입이니 당연히 겪는 일이라고 생각하고 있는 것 같았다.

"아무리 그래도 이건 좀 너무하지. 신입이라고 안 힘든 건 아니잖아. 아니, 힘들면 더 힘들었지……. 전투라도 벌어지면 가장 위험한 게 신입인데. 진돗개가 사람 좀 험하게 다루는군."

"아, 아니에요. 정말 괜찮습니다."

수현이 진돗개의 험담을 하는 걸 다른 사람이 들을까 봐 강인규는 당황해서 고개를 두리번거렸다.

"쟤는 저기서 뭐 하냐?"

"쟤라니. 팀장님이라고 불러."

"이 거리에서는 안 들릴 텐데, 뭐."

"내가 신고할 거거든?"

"이런 의리 없는 새끼……."

"의리라니. 내가 아까 별거 아닌 걸로 기합받을 때 넌 의리 지켜서 같이 뛰어줬냐?"

김창식은 투덜거리며 입을 다물었다. 수현이 신입일 때 행동하던 버릇이 아직 가시지 않았다.

수현이 없으니 망정이지 있을 때 이런 소리를 했다가는 대번에 불똥이 튈 것이다.

아까 별거 아닌 걸로 기합을 받은 정성재는 누구라도 한 명 걸리면 물귀신처럼 같이 기합을 받게 하려고 눈을 번뜩였다.

이러쿵저러쿵해도 이들은 바뀐 시스템에 빠르게 적응해 가고 있었다.

"그보다 쟤…… 가 아니라 팀장님은 진짜 저기서 뭐 하는 거야?"

"몰라. 뭔가 생각이 있겠지. 생각 없이 움직이는 사람은 아니잖아."

"저 찌질해 보이는 놈한테 말 거는 게?"

"뭐…… 아까처럼 정보를 얻는다거나……."

"저 찌질이한테? 뭐 얻을 게 있어?"

"아. 내가 시켰나. 왜 자꾸 나한테 따져? 궁금하면 가서 직접 물어봐!"

"왜 자꾸 성질이야. 궁금하니까 그렇지."

수현의 행동에 대해 기본적으로 신뢰는 하고 있었지만, 대원들은 지금 수현이 왜 저렇게 강인규에게 친절하게 말을 거는지 이유를 알 수가 없었다.

"그런데 그쪽은 누구십니까?"

"엉클 조 컴퍼니 쪽 팀장이야. 김수현. 편하게 불러도 괜찮아."

"예? 팀장이요?"

강인규는 새삼스러운 표정으로 수현을 쳐다보았다.

딱히 다른 대원들보다 경험이 있어 보이는 사람도 아닌데 팀장으로 일하고 있다니. 놀랍고 동시에 부러웠다.

"그러면 그쪽이 그 치유 능력자시군요. 맞죠?"

"벌써 소문이 퍼졌나?"

"하하…… 초능력자니까 소문은 빨리 퍼지죠. 게다가 최재호 팀장님이 실패한 것 때문에 다들 떠든 것도 있고……."

결국 일을 성공시키기는 했지만, 실질적으로 진돗개 2팀은 실패한 셈이었다.

원하던 걸 독점하지 못하고 다른 팀에게 나눠줘야 할 정도로 몰렸으니까. 상황이 상황이긴 했지만 그렇다고 실패가 덮어지지는 않았다.

덕분에 회사 내에서도 관련 일로 꽤나 떠든 모양이었다. 이렇게 소문이 퍼질 정도였으니.

"아마 하루 이틀 사이에 끝나지는 않을 텐데, 힘든 일 있으면 말하라고. 어느 정도는 도와줄 수 있어."

"그…… 말씀은 감사한데 눈치가 보여서……."

강인규는 그의 팀원들을 힐끗거렸다. 이렇게 일을 하면서 나누는 대화도 눈치가 보이는 것 같았다.

"눈치 그만 봐. 무슨 죄짓고 일하나? 능력이 있으니까 고용된 거고 돈을 받는 거지. 무슨 진돗개 측에서 대단한 은혜를 베풀어준 게 아니잖아? 당당하게 가슴 펴고 일하라고."

말이야 맞는 말이었지만 강인규에게는 그다지 와 닿지 않는 말이었다. 진돗개 정도 되는 회사에 말단으로 들어갔다는 거 자체가 그에게는 행운으로 느껴졌다.

당연히 위축되고 행동을 조심할 수밖에 없었다.

"저야 별로 도움도 안 되고 발목만 잡는데요. 자리를 만들어주는 걸 감사하게 여겨야죠."

"참나. 기죽지 말라니까 그러네. 만약 이렇게 떠드는 걸로 갈구고 그러면 당당하게 말하라고. '더러워서 못 해먹겠다'고."

그 말을 들은 강인규는 작게 웃었다.

"그다음은 어떡하라고요?"

"다른 곳으로 가면 되지. 회사가 진돗개만 있는 줄 아나? 정 안 되면 우리 쪽에서 받아줄 수도 있어."

"말씀이라도 감사합니다."

"농담 아닌데?"

"예?"

"이런 걸 갖고 농담할 정도로 막 나가는 놈은 아니라고. 내가 말을 걸어서 구박을 받는다면 내 책임도 있으니 받아줄 수 있어. 그 정도 권한은 있으니까."

"아니…… 그게……."

강인규는 당황해서 주변을 두리번거렸다. 처음 보는 사람에게 호의를 받는 게 익숙하지 않은 모양이었다.

"그렇게 억지로 손해 보면서 해주실 건 없는데요……."

"손해 보면서 하다니. 내가 그런 멍청이로 보이나? 난 그런 사람이 아니야. 내 팀으로 오면 받아준다는 건 그만한 가치가 있으니까 제안을 하는 거지."

'내가 가치가 있다고?'

"인규! 언제까지 거기서 노닥거릴 거야?!"

"부르는군. 가봐. 내가 한 말 생각해 보고."

"무슨 말이요?"

"엿 같으면 그냥 때려치우고 나오라는 거지."

"하하하…… 말이라도 고맙습니다."

강인규는 후다닥 달려서 대원들에게 가버렸다. 대하는 걸 보니 그가 팀 안에서 어떤 대접을 받는지 뻔히 보였다.

유약하고 소심해 보이는 성격. 뛰어난 장점이라도 없다면 신입으로 고생이 많을 것이다. 게다가 진돗개 정도면 잘난 놈들만 모였으니…….

'사고 몇 개만 치게 하면 의외로 금방 넘어올지도 모르겠는데. 그보다 저놈은 나중에 뭔 일을 겪은 거야?'

대체 어떤 일을 겪어야 저런 성격에서 잔혹하고 비정하다는 소문이 도는 초능력자가 될 수 있을지 짐작이 가지 않았다.

"무슨 대화를 그렇게 길게 하셨습니까? 얻을 정보라도?"

"아니, 스카우트 밑밥을 좀 깔았지."

"스카우트?!"

"목소리 낮춰. 들리기라도 하면 네가 책임질 거냐?"

"아니, 스카우트라뇨. 저놈이요? 쟤한테 뭔가 숨겨진 재능이라고 있습니까?"

"글쎄다."

"아무리 그래도 그렇지. 대체 뭐 때문에 저놈을……."

"됐고. 이제 슬슬 해가 질 텐데, 로테이션이나 정하자. 여기 계속 있을 수는 없으니까."

공터 쪽에서 가까운 건 진돗개 측 숲이었다. 엉클 조 컴퍼니에게 떨어진 숲을 지키기 위해서는 조금 더 이동해야 했다.

"나눠서 보초를 섭니까?"

"아니, 보초는 나 혼자 선다. 나머지는 그냥 이 공터에 있어."

"……?!"

괜히 인원을 나눠서 보초를 세웠다가 기습이라도 받고 죽는다면 골치 아파진다.

그건 수현이 막아줄 수 있는 범위를 벗어난 일이었다.

차라리 이 공터에서 대기를 시켜놓는 게 마음이 편했다. 만약의 상황이 벌어지면 진돗개 측과 같이 싸우게 될 테니까.

"혼자서 밤 내내 서시겠다고요?"

"걱정 마. 쉬어가면서 설 테니까."

한두 번 해본 일이 아니었다. 휴식을 취하면서 동시에 적의 습격에 예민하게 대비하는 건 수현에게 숨 쉬는 것만큼이나 쉬운 일이었다.

"전 반댑니다. 팀장님."

"저번에도 이랬던 기억이 있는데. 왜지, 박수용 대원?"

"혼자서 하는 건 한계가 있습니다. 팀장님이 뛰어나다는 건 알고 있지만, 치유 능력이라고 해서 만능은 아니잖습니까. 합류하기 전에 막힐 수도 있습니다."

박수용은 논리정연하게 의견을 늘어놓았다. 표정에는 별다른 변화가 없었지만 수현은 그의 눈에서 숨길 수 없는 걱정을 읽을 수 있었다.

다른 건 몰라도 그를 걱정해서 이렇게 나서주는 사람을 무시하고 넘어갈 수는 없었다.

"별다른 이유가 없다면 정석대로 나눠서 보초를 서는 게……."

"이유야 있지. 습격이 들어오면 기존 방식대로 보초를 서는 건 좀 위험하거든. 군에서야 그게 먹혔겠지만 여기는 군이 아니잖아. 뒤에서 바로 나와 줄 놈이 없다고. 결국 맞부딪힌 놈이 알아서 승부를 봐야 하는데……. 여기서 1 : 3 이상으로 싸워서 이길 자신 있는 사람?"

"……."

"적 규모가 어떤지는 알 수 없지만 만만한 놈들은 아니겠지. 그런 놈들을 상대하려면 장점 위주로 싸우는 게 좋아. 기껏 파워 아머를 가지고 왔으니 그걸 사용하라고. 주변에서 화력 지원받으면서 퍼붓는다."

"숲은 안 지킵니까?"

"되면 지키는 거고 안 되면 못 지키는 거지. 몸으로 폭탄 막을래?"

임무는 안중에도 없는 태도였지만 이런 태도가 대원들에게는 역으로 신뢰감을 주었다.

적어도 임무를 위해 목숨을 바치라는 건 아니었으니까. 그들의 가치관과 아주 잘 맞는 지시였다.

"괜히 영웅심 발휘하지 말고 유리한 위치에서 싸우자고. 공터에서 다른 놈들하고 같이."

"팀장님이 혼자 보초를 서는 건 설명이 안 됐습니다만."

"나야 몇 대 맞아도 안 죽잖아? 다른 놈 치유해 주면서 움직이는 것보다 혼자 치유하면서 움직이는 게 편해."

수현이야 혼자 일하는 게 편해서 한 소리였다. 시선을 신경 쓰지 않고 마음대로 초능력을 사용할 수 있으니까.

그러나 대원들에게는 그렇게 느껴지지 않았다. 그들에게는 수현이 능력을 가진 만큼 위험한 자리에 솔선수범해서 나서는 것으로 보였다.

"그럴 필요까지는……."

"설명은 여기까지다. 나머지는 그냥 납득이 안 되도 받아들여. 팀장은 나니까."

더 이상 설명하는 것이 귀찮아진 수현은 그렇게 말을 잘랐다.

대원들은 더 이상 대답하지 않았지만, 그들의 눈빛에는 존경심이 맴돌았다.

존경심은 나이와 상관없다. 위험한 일에 먼저 나서는 사람은 그 신분과 무관하게 타인의 존경을 산다.

수현은 그런 면에서 완벽했다.

위험하다 싶으면 먼저 나서서 해결하는 것으로 착실하게 신망을 쌓아가고 있었던 것이다.

숲의 장점은 숨을 곳이 많다는 점이었다. 수현이 몸을 숨기고 대기할 만한 곳은 많고 많았다.

적당한 나무 위에 올라가서, 경계용으로 잡은 실을 옆에 둔 채 수현은 눈을 감았다. 얼핏 보면 무방비해 보였지만, 적이 나타나는 순간 바로 알아차릴 것이다.

"영 안 들어오네요. 낮에 공격할 수도 있지 않을까요?"

"가능하기야 한데 어지간해서는 안 그러겠지."

전부 죽여야 하는 게 아닌, 숲만 파괴하고 빠지면 되는 이들이 굳이 대낮에 공격할 이유가 없었다.

게다가 대낮의 정면대결은 지키고 있는 측이 더 유리하다.

수현은 지금 며칠째 허탕을 치고 있었다. 도착한 날에 바로 공격이 들어오는 우연을 기대한 건 아니었지만, 확실한 보장 없이 계속해서 기다리는 건 지루한 일이었다.

지루한 것도 지루한 것이었지만 그보다 더 걱정되는 건 진돗개 측이었다. 그들은 수현처럼 확신 같은 게 없었다. 공격이 있을지도 모른다는 제보 때문에 이동한 것이었을 뿐.

엉클 조 컴퍼니도 이 주변을 어슬렁거리고 있었기에 아직은 잠잠했지만, 계속해서 아무런 일도 일어나지 않는다면 병력의 이동이 일어날 수도 있었다.

'한 달 안에 첫 벌목 작업이 일어나니, 그 전에 분명 공격이 들어올 거라고 생각했는데……. 내가 너무 과대평가했나?'

산지를 조직적으로 날려 버리고 이종족의 짓으로 위장하는 건 한때 유행했던 공작이었다.

도시 주변에서 이종족의 공격이 들어왔다는 소문을 듣자마자 수현은 그게 위장된 공작임을 직감했던 것이다.

그렇지만 그게 사실이라도 새로 발견된 대규모 산지까지 테러할지는 미지수였다. 수현은 충분히 가능성이 있다고 봤지만, 공격하는 측이 꼬리를 잡힐 거 같아서 포기하거나, 증원된 병력을 보고 포기할 수도 있었다.

'이런 걸 하는 놈들은 보통 병력이 증원됐다고 포기할 놈들이 아닌데……. 진돗개 1팀이 너무 강수였나.'

계속해서 공격이 들어오지 않는다면 다른 방법도 있었다. 첫 벌목 작업이 시작되고 나서 비싼 가격에 이 주변을 팔아넘기는 것이다.

다만 그렇게 되면 조금 아쉬울 것 같았다. 수현은 이번 일의 범인을 잡고 싶었다.

정부 측에 확실하게 눈도장을 찍고 들어가려면 레드우드 숲을 판매하는 것으로는 부족했다. 이번 일이 어떻게 일어났고 그 범인까지 통틀어서 알려줘야 완벽했다.

"긴장 풀지 마. 이런 걸 노릴 수도 있으니까."

"알고 있습니다."

일이 그렇게 흘러간다면 어쩔 수 없었다. 상황에 맞춰서 최선을 다할 뿐. 수현은 꾸준히 강인규한테 접촉했다. 이번 일이 무산되면 건질 만한 놈은 이놈밖에 없었다.

강인규는 넘어올 것 같으면서도 안 넘어왔다. 스스로에게 워낙 자신감이 없다 보니 적극적인 제안도 잘 받지 못하는 것이다.

'한 번만 잘 밀면 올 거 같은데. 사고라도 터졌으면 좋겠군.'

수현은 진돗개 측에서 문제가 생기기를 기대했다.

신입인 강인규의 입지는 매우 좁았고, 그가 실수를 하거나 사고라도 친다면 화살은 대번에 그에게 쏟아질 테니까.

그럴 때 인자하게 다가가 데리고 나오는 게 가장 그림이 좋았다.

그렇지만 진돗개는 과연 대형 회사였다. 대원들도 필요 이상으로 강인규를 괴롭히지 않았고, 강인규도 워낙 행동을 조심했기에 뭔가 큰 사고는 치지 않았다.

그렇게 서로 기다리던 도중, 드디어 수현이 노리던 기회가 찾아왔다. 습격자들이 나타난 것이다.

"……!"

눈을 감고 있던 수현은 손끝에서 느껴지는 진동에 눈을 떴다.

실이 끊어진 것이다. 수현은 곧바로 활을 집어 들고 원견으로 끊어진 위치를 확인했다.

'다섯. 이게 전부일 리는 없고. 나눠서 움직이나?'

희미한 은회색으로 빛나는 슈트를 입고, 얼굴은 마스크로 덮고 있는 자들이었다. 그들은 슬슬 거리가 좁혀지자 신호와 함께 슈트를 작동시켰다.

'스텔스 슈트?!'

스텔스 슈트. 착용자의 몸을 숨겨주는 강력한 은신 기능을 보유한 첨단 장비였다.

물론 완벽하지는 않았다. 주변 풍경을 그대로 위에 투사하지만 밝은 대낮에 보면 굴곡진 게 티가 났다.

그렇지만 어두운 밤이라면 그 단점이 그대로 가려졌다. 수현은 이 장비의 무서움을 잘 알고 있었다. 처음 상대하는 이들은 적이 어떻게 공격하는지도 모르고 당해 버릴 때가 많았다.

수현이 현역으로 일할 때에도 대중화된 장비는 아니었고, 몇몇 세력만 한정적으로 사용했다.

'그렇다는 것은…….'

수현은 활의 시위를 당겼다. 스텔스 기능을 작동시켰다지만 이미 원견으로 위치를 확보하고 있는 상황에서는 아무런 의미가 없는 위장이었다.

습격자들은 설마 지금 멀찍이 떨어진 곳에서 누군가가 그들을 노리고 있다고는 상상치도 못할 것이다.

퍽!

염동력과 원견. 둘의 조합은 활이라는 구시대적 무기를 완벽하게 만들었다. 화살은 허공에서 방향을 한 번 튼 후 그대로 습격자의 등을 꿰뚫어버렸다.

"……?!"

그들의 표정이 보이지는 않았지만 당황함은 생생하게 느껴졌다. 들고 있는 것을 보아하니 숲 외곽부터 화염으로 날려버릴 계획 같았다.

퍽!

'그 계획에 선공을 당하는 경우는 없었겠지?'

이곳뿐만이 아니라, 다른 곳에서도 침입은 시도되고 있을 것이다. 그런데도 대원들에게서 감지기가 작동됐다는 보고가 없다는 건…….

'역시 제거했나. 기대도 안 했다만.'

"습격이다. 전부 깨워! 진돗개 팀에도 전달해."

짧게 명령을 내린 후 수현은 다시 사냥에 집중했다. 습격자들은 예상치 못한 기습에 허둥지둥 움직이고 있었다. 어떻게든 움직여서 사격을 피하려는 것 같았다.

그러나 무의미했다.

수현은 남은 이들을 화살로 꿰뚫어버린 후, 등을 돌려 도망치는 마지막 놈의 숨통을 끊었다.

이걸로 준비는 끝났다. 수현은 다른 침입자들을 찾기 위해 움직이기 시작했다.

한 조에 다섯 명씩, 총 세 조. 수현이 화살로만 쓰러뜨린 이들의 숫자였다. 그쯤 되자 습격자들도 상황을 알아차렸다.

그들은 빠르게 움직여서 뭉치더니 사방에 연막을 터뜨리고 돌진하기 시작했다.

저 마스크에는 분명 정화 기능도 달려 있을 것이다. 그렇다면 연막도 평범한 연막은 아니었다.

"어떤 새끼야?! 진돗개 측 초능력자인가?!"

"그런 놈은 조사에 없었는데……."

"이제 됐다. 먼저 놈들을 제거한다! 적당히 하고 넘어가 주려고 했는데, 스스로 무덤을 파는군."

은밀하게 접근해 숲을 날려버리고 추격을 피해 사라진다. 그들이 배치된 전력을 관찰하고 선택한 전략이었다. 굳이 싸울 필요는 없었다. 숲만 파괴하면 됐으니까.

그러나 이렇게 멀리서 그들을 눈치채고 쏘아대는 놈이 있다면 이야기가 달라진다. 이런 상황에서는 폭탄을 설치하고 기동할 수가 없었다. 언제 어디서 목이 날아갈지 몰랐으니까.

이미 그들의 공격은 발각이 됐다. 어떻게 발견한 건지 알 수는 없었지만 물러날 생각은 없었다. 그들은 정면으로 싸울 자신이 없어서 이렇게 하는 게 아니었다.

"확실하게 처리하도록!"

'오. 이쪽으로 오나?'

진돗개 팀의 위치를 미리 확인해놨는지, 그들은 빠르게 움직이고 있었다.

원거리에서의 저격 때문에 숲을 파괴하는 것은 일단 멈춘 것 같았다.

카카칵!

"……!"

수현은 방금 쏜 화살을 막아낸 걸 보고 혀를 찼다. 염동력을 원거리에서 적용할 수는 없었으니, 사실상 처음 쏘고 나서 적용시킨 게 전부였다. 알고 있다면 막아내는 게 불가능하지는 않았다.

그래도 그렇지, 저렇게 막아내다니. 확실히 보통은 아니었다.

'자. 어떻게 할까.'

본대에 합류해서 같이 싸울 수도, 후방으로 우회하여 그들을 교란할 수도 있었다. 수현은 후자를 선택했다.

"거슬리는군. 저 초능력자를 죽이고 와라."

"예!"

"……?"

수현은 그들 중 일부가 방향을 돌리더니 자신을 따라오는 걸 보고 눈살을 찌푸렸다.

그의 위치를 발견한 것이나 다름없는 움직임이었다.

'아. 열 감지기도 들고 있었나…… 뭐. 상관없나.'

불규칙하게 움직이며 달려오는 적. 그들은 대장이 화살을 튕겨낸 걸 보고서 그들도 공격을 막아낼 수 있다고 생각하는 것 같았다.

'찾았다!'

저 멀리, 나무 위에서 활을 겨누고 있는 수현을 발견한 습격자들은 사격과 동시에 접근하기 시작했다. 화살이 발사되면 그 순간 바로 피할 자신이 있었다.

퍽!

"어?"

"가까이 오면 나야 편하지. 피해봐."

퍽!

염동력을 제대로 적용시킬 수 있는 공간으로 와준다면 오히려 고마웠다.

수현의 초능력이 생각보다 더 강력하다는 걸 깨달은 습격자들은 그를 견제하기 위해 총탄을 난사했다.

그러나 총탄은 허공에서 멈춰 섰다.

"염동력자다!"

염동력자. 그것도 수준급. 일반적인 방법으로는 이길 수 없었다.

그렇지만 그들은 진돗개 1팀의 팀장이 여기 와있다는 걸 이미 알고 있었다. 만약의 일이 벌어졌을 경우를 대비해 초능력자를 상대할 방법도 당연히 가지고 있었다.

"장치 작동시켜!"

"……?!"

수현은 그들이 뭘 작동시켰는지 깨달았다. 묵직해 보이는 검은색 원통형 물체. 저건 초능력자한테는 사형선고나 마찬가지인 물건이었다.

'초능력 상쇄장치?!'

보통 놈들이 아니라고는 생각했었지만, 스텔스 슈트에 초능력 상쇄장치까지.

수현은 이들이 누구인지 알 것 같았다. 이런 장비를 갖추고 이런 싸움을 할 수 있는 놈들은 이 행성에 얼마 없었다.

"죽여 버려!"

동료의 죽음에 습격자들은 분노해 있었다. 어디서 보지도 못한 초능력자한테 당했으니 그럴 법도 했다. 초능력자는 초능력만 봉쇄되면 같잖은 존재였다. 이대로 바로…….

"커헉?!"

"왜, 초능력만 막으면 이길 수 있을 줄 알았어?"

수현은 나무 위로 뛰어오른 놈의 공격을 피한 후 목을 가볍게 그어버리고 아래로 착지했다.

"스텔스 슈트에, 초능력 상쇄장치라니……. 중국 쪽 특수부대냐?"

마스크로 보이지는 않았지만, 수현은 그들의 표정이 돌변한 걸 느낄 수 있었다.

수현이 일하던 시점에서도 스텔스 슈트나 초능력 상쇄장치 같은 건 일반인한테 알려지지 않을 정도로 비밀리에 사용되는 물건이었다.

지금 시점에서는 더더욱 알려지지 않았다. 각국이 서로 눈치를 봐가면서 치열하게 개발하고 있는 상황.

그런 상황에서 웬 알지도 못하는 초능력자가 그들의 정체를 꿰뚫어 본 것이다.

"그런 장비를 가지고서 한국 쪽 산지를 날려 버릴 놈들이면 중국이나 러시아 정도인데……. 아까 보여준 싸움법은 중국 애들이 좋아하는 싸움법이지. 혹시 흑표대 소속?"

"생포해!"

눈앞의 놈이 떠들어대는 것에 경악한 조장이 소리쳤다. 죽이는 것보다 잡아서 지금 알고 있는 사실들을 어떻게 알고 있는지 심문해야 했다.

"맞나 보군."

스텔스 슈트와 마스크를 차고서, 연막을 깐 후 근접전으로 유도하는 건 중국 흑표대가 좋아하는 싸움 방식이었다.

전원이 강화 시술을 받은 데다가 근접전의 스페셜리스트였으니 당연하다면 당연한 결과였다.

"……!"

습격자들은 몸이 움직여지지 않는다는 사실에 경악했다. 분명 초능력 상쇄장치를 작동시켰는데?!

"어, 어떻게……?!"

"장비 하나만 너무 믿지 말라고. 이렇게 되잖아?"

초능력 상쇄장치는 초능력자 상대로 악명이 높은 장치였다. 예전의 수현은 초능력이 없어도 잘만 싸웠기에 그렇게 겁을 먹지는 않았었지만, 다른 초능력자 대원은 그 장치를 정말로 싫어했다.

그런 장치이니만큼 원리도 알고 있었다. 초능력자들은 기본적으로 특수한 파장을 방출한다. 초능력의 근본이 되는, 특수한 마나 파장을.

초능력 상쇄장치는 이 파장을 흡수한 후 그 파장을 상쇄시키는 파장을 방출하는 장치였다. 초능력자의 파장은 상쇄장치의 파장으로 봉인되는 것이다.

그러나 완벽한 건 아니었다. 힘으로 부숴버리는 것도 가능했다. 어지간한 초능력자들이 모여 있지 않으면 무리였지만.

그보다 더 쉬운 방법은 초능력을 바꾸는 것이었다. 두 가지 초능력을 번갈아 가면서 사용하면 상쇄장치의 파장을 혼란시킬 수 있었다.

물론 이 방법도 현실적으로는 무리였다. 인류 중에서 두 가지 초능력을 사용하는 사람은 아직 나오지 않았으니까.

수현을 제외하고서는 말이다.

원견을 켜서 파장을 그쪽에 맞춘 후, 염동력으로 바꿔서 그대로 상쇄장치를 부숴 버린다.

너무 간단해서 당황스러울 정도였다. 수현은 마법사라는 개념이 기존 초능력자라는 개념에만 익숙해진 사람들에게 얼마나 충격적일지 다시 한번 실감했다.

우드드득!

목 부러지는 소리가 동시에 났다. 수현에게 붙잡힌 습격자가 죽어 나가는 소리였다. 수현은 조장으로 보이는 남자에게 다가가 말했다.

"다른 놈은 다 죽었는데 넌 왜 안 죽었는지 궁금하지?"

"……!"

"기왕 생포할 거면 높은 놈이 좋지. 네가 조금 더 높은 놈 같으니……."

수현은 놈의 몸에 마비독을 찔러 넣었다. 이것으로 일 처리는 모두 끝났다. 수현은 시체를 한구석에 모은 후 한숨을 돌렸다. 솔직히 말해서, 초능력 상쇄장치까지 들고 올 거라고는 상상도 못 했다.

'징하다. 징해. 이때부터 벌써 개발을 해둔 상태였었나?'

진돗개 1팀이 무난하게 이길 거라고 생각했는데, 이걸 보니 생각이 달라졌다.

그 팀의 초능력자들은 이런 장치가 있다고는 예상치도 못 했을 것이다.

'내가 없었다면……. 다 죽었으려나.'

그럴 가능성이 컸다. 그리고 그건 지금도 마찬가지였다. 수현은 바로 몸을 돌렸다. 남은 이들을 도와줘야 했다.

"대체?!"

공터에 모인 용병들은 당황을 금치 못하고 있었다. 습격이 있다는 엉클 조 컴퍼니 대원들의 말을 들었을 때만 해도, 그들은 반신반의한 상태였다. 감지기와 보초는 아무런 이상이 없었으니까.

그러나 대열을 갖추고 나서 얼마 되지 않아 바로 공격이 들어왔다.

만약 미리 말을 듣지 못했다면 얼마만큼 피해가 났을지 상상이 가지 않았다.

"쿨럭, 쿨럭! 커헉!"

"연막이다!"

"파워 아머 뭐해! 놈들을 날려버려!"

"작, 작동이 안 됩니다!"

"뭐?!"

튀어나온 습격자들은 제대로 보이지도 않았다. 불이 켜져 있었지만 주변 배경에서 투명한 무언가가 움직이는 정도만 보일 뿐이었다.

그런 상황에서 가장 강점을 발휘하는 파워 아머가 갑자기 작동이 정지됐다.

"1팀 불러! 1팀! 문제가 심각하다!"

"이거…… 느낌이 안 좋은데……."

"김수현 팀장은 언제 와?! 당한 건 아니겠지?!"

"개소리하지 마. 그놈이 당할 놈이냐!"

김창식은 그렇게 말했지만 당황스러운 건 어쩔 수가 없었다. 지금 덤비는 놈들이 누구인지는 알 수 없었지만 한 가지는 확실했다. 보통 놈들이 아니라는 것.

연막에, 파워 아머 작동 정지도 저놈들이 한 게 분명했다. 거기에 저 보이지 않는 은신 장비까지.

타타타탕!

작동이 정지된 파워 아머를 엄폐물 삼아, 엉클 조 컴퍼니 대원들은 견제 사격을 가했다. 카메론 행성에서 몬스터 상대로 시작한 진돗개의 대원들과 달리, 지구의 군대에서 훈련받은 엉클 조 컴퍼니의 대원들은 이런 상황에 익숙했다.

"하나 잡았다!"

습격자들은 무엇을 노리는지, 이 주변을 맴돌며 바로 덤벼오지 않고 있었다. 빈틈을 드러낸 대원을 쏘거나 할 뿐.

'뭘 노리고 있는 거지?'

이소희는 그 동작에서 부자연스러움을 읽어냈다. 어떤 식으로 파워 아머를 무력화시켰는지는 모르겠지만, 아무리 그래도 오래 갈 수는 없었다. 지금이 바로 공격할 타이밍이었다.

"1팀이다!"

"좋아. 작동시켜."

하위 팀이 공격당하고 있다는 소식에 이정우는 바로 출발했다. 그와 팀원들은 주제를 모르는 습격자들을 갈아버릴 생각이었다.

도착하자마자 이정우는 허공에 거대한 얼음덩어리를 만들어냈다. 그 얼음덩어리는 순식간에 자잘하게 깨지더니 사방으로 빠르게 날아갔다.

퍼퍼퍽! 퍼퍼퍼퍼퍽!

"크흑!"

"멍청한 놈. 제대로 피해!"

스텔스 슈트를 입고 피하고 있었지만 저렇게 무차별 난사를 해대면 방법이 없었다. 초능력 상쇄장치를 가동한 후 그 결과가 나타나려면 한 번은 기다려야 했다.

"컥!"

점입가경. 1팀의 초능력자는 이정우 혼자가 아니었다.

머리를 뒤로 묶은 여자가 입술을 깨물며 손을 휘두르자 흙으로 만들어진 벽이 솟구쳤다. 그 와중에 거기에 있던 습격자는 위로 튕겨져 올랐다.

"뭉쳐!"

이정우의 힘 있는 목소리에 진돗개의 대원들이 어느 정도 정신을 차렸다. 역시 갑작스러운 상황에 믿을 만한 건 가장 강한 사람이다.

9팀과 10팀은 정지된 파워 아머를 내버려 두고 1팀이 있는 곳으로 뭉치기 시작했다.

"저쪽은?"

"엉클 조 컴퍼니 팀입니다."

"무시해도 되겠군. 파워 아머가 정지했다고?"

"예!"

파워 아머는 외부적인 공격으로만 무너뜨릴 수 있는 게 아니었다. 내부 소프트웨어를 공격해서 작동을 정지시킬 수도 있었다.

물론 그걸 알기에 전자전 쪽으로도 강력한 방어가 걸려 있지만, 불가능한 건 아니었다.

"EMP인가? 상관없다. 아예 망가뜨리는 건 불가능하니까. 시간을 끌어라! 파워 아머는 시간이 지나면 다시 기동될 거다."

1팀 팀장이라는 자리는 그냥 얻을 수 있는 게 아니었다. 상황을 파악한 이정우는 지시와 함께 다시 한번 초능력을 사용했다.

그러나 초능력이 나오지 않았다.

"?!!?!"

아무리 그가 대단하다고 하더라도, 알려지지 않은 비밀 장치를 예상하는 건 무리였다. 이정우는 당황한 표정을 숨기고 다른 대원을 쳐다보았다. 그러나 다른 대원들도 마찬가지였다. 그들은 서로를 쳐다보다가 상황을 깨달았다.

"설마 초능력이……?"

"……!"

그리고 기다렸다는 듯이 공격이 시작되었다. 공터 안으로 연막을 터뜨린 후 닥치는 대로 쏘아대며 달려드는 습격자들의 모습을 본 대원들의 표정이 검게 죽었다.

진돗개의 대원들이라고 해봤자 결국 대몬스터가 전문인 자들.

사람 사냥을 업으로 삼는 이들과 승부하기는 무리였다. 습격자들은 능숙하게 움직여가며 하나씩 무력화시켰다.

이정우는 당황해서 앞으로 나서지 못했다. 초능력이 나가지 않는 그가 지금 무엇을 할 수 있단 말인가?

"이 빌어먹을 새끼들이 진짜! 누구를 호구로 보나!"

거친 고함이 터져 나왔다. 엉클 조 컴퍼니의 대원들이었다.

그들은 폭탄을 터뜨려 연막을 날려 버리고 접근하는 놈들을 집중적으로 쏘아대고 있었다.

쾅!

가장 뛰어난 공을 세운 건 고르간이었다. 그는 눈을 붉게 빛내더니 방패를 땅에 박고 몸을 기대 닥치는 대로 쏘아대기 시작했다.

귓불을 스쳐 가는 총탄은 전혀 신경 쓰지 않는 것 같았다.

"저놈들부터 먼저 처리해라."

"누구 맘대로?"

"……?!"

공터의 입구에서 전황을 지켜보며 지시를 내리고 있던 습격자들의 대장은 뒤에서 들리는 목소리에 기겁해서 뒤를 돌아보았다.

상쇄장치는 이미 박살이 나 있었고, 지키고 있던 대원들은 전부 피를 흘리며 쓰러져 있었다.

"너……."

"아까 화살은 잘 튕겨내더군."

"이 자식!"

빠르게 권총을 뽑는 놈을 막으며, 수현은 놈의 급소를 공격했다. 다른 사람들의 시선이 있었다.

염동력은 눈치채지 않을 정도로만 사용해야 했다. 어차피 습격자들의 전투 방식은 아주 잘 알고 있었다. 몇 합 안에 제압할 자신이 있었다.

"……!"

대장의 눈동자가 크게 떠졌다. 방금 몇 합을 겨룬 것만으로 깨달은 것이다. 그의 실력이 수현에게 완전히 밀린다는 것을.

초능력자한테 초능력으로 당하는 것도 아니라 전투 기술로 밀리다니!

도저히 믿을 수가 없었다.

수현을 조준하려던 권총이 날아가고, 동시에 턱을 얻어맞았다. 치명타를 넣지 않는 수현의 모습에, 남자는 그제야 수현이 무엇을 노리고 있는지 깨달았다. 수현은 지금 그를 생포하려고 하고 있었다.

'이, 이 건방진 놈……!'

울컥했지만 상황은 달라지지 않았다. 대장은 빠르게 상황을 판단했다. 주변에 있는 다른 대원들은 모두 죽고, 초능력 상쇄장치는 박살이 나 있었다.

얼마 지나지 않아서 진돗개 팀의 초능력자들이 능력을 되찾을 게 분명했다.

작전은 실패했다.

다른 놈은 몰라도 그는 아는 게 많았다. 만약의 상황에 대비해서 준비한 게 따로 있었다. 그는 혀를 굴려 어금니 자리에 숨겨놓은 것을 꺼냈다.

"……?!"

갑자기 실이 끊어진 것처럼 쓰러지는 놈을 본 수현이 기겁해서 달려들었다.

"이런 미친놈!"

설마 바로 자살을 하리라고는 예상치 못했다. 물론 초능력 상쇄장치가 부서지고, 수현을 견제하려고 보낸 부하들이 전멸한 상황이라면 어떻게든 피해를 줄여야 했다.

붙잡혀서 정보를 털어놓는 것도 피해 중 하나였으니까.

그렇지만 망설이지도 않고 자살을 할 거라고는 예상치 못했다. 아직 공터에는 습격자들이 남아 있었고, 수현의 신분은 알려지지도 않은 상황이었다.

'젠장. 조금 더 만만한 척을 했어야 했나?'

상대방의 판단력이 보통이 아니었다. 이길 수 없다 싶자 바로 포기하고 자살이라니. 수현은 아쉬움으로 혀를 찼다.

우우웅-

수현이 상쇄장치를 부순 덕분에 초능력자들이 다시 능력을 되찾은 것 같았다.

허공에 얼음덩어리가 나타나자 당황한 습격자들이 뒤를 돌아보았다. 수현은 얄밉게 손을 흔들어주었다.

"!!!"

"후퇴! 후퇴해라!"

퍼퍼퍼퍼퍽!

같은 회사의 용병들이 죽어 나가는 동안 아무것도 할 수 없었다는 건 굴욕적인 일이었다. 1팀의 초능력자들의 눈에는 독기가 서려 있었다.

상쇄장치가 박살 난 이상 습격자들이 아무리 뛰어나 봤자 초능력자들에게 접근해서 덤비는 건 무리였다. 아직도 이 주변에는 무장한 대원들이 남아 있었다.

"도망치면 안 되지."

빠져나가려는 습격자의 뒤통수에 수현은 총탄을 한 발씩 박아주었다.

스텔스 슈트를 입고 총탄을 피하기 위해 움직여도 그건 수현 앞에서 아무런 의미가 없었다.

진돗개 팀은 예상 밖의 피해 때문에 눈이 돌아간 것 같았다.

하긴, 그들이 이런 상황을 상상하지는 못했을 것이다. 생포는 안중에도 없고 적을 끝까지 추격해서 갈아버릴 기세였다.

'일이 끝나면 후회할 텐데.'

초능력자로 구성된 1팀이라면 카메론 탐험과 몬스터 처리를 주로 했을 테니, 이런 상황에서 뭐가 중요한지 바로 파악하는 건 무리였다.

어쨌든 수현은 만족스러웠다. 그의 정보를 유출할 만한 놈들은 전부 다 시체로 만들었고, 대장은 아니지만 정보를 얻을 만한 놈도 붙잡았다. 진돗개 측은 이번 상황이 어떤 기회인지 파악하지 못하고 있었다.

"팀장님!"

"다친 사람은?"

"동욱이하고 고르간이……."

전투가 끝난 직후는 치유 능력자가 스스로의 가치를 자랑하기 가장 좋은 시간이었다.

"어디 계셨습니까?"

"나한테 덤벼드는 놈들 처리하고 있었지."

그들은 뭉쳐서 싸우는 데도 이렇게 정신없이 밀렸는데, 혼자서 싸웠다고 말하는 수현의 모습은 믿기지가 않았다. 자잘한 상처야 치유 능력으로 바로 회복시켰겠지만 그래도 이게 사선을 헤치고 나온 사람의 모습이란 말인가?

"으으……."

"다행이군. 이 악물어라. 괜히 혀 깨물지 말고."

김동욱의 부상은 심하지 않았다. 오히려 고르간의 상처가 더 심했다.

다른 대원들은 적당히 엄폐물을 두고 시간을 끌어댔지만 고르간은 앞에서 날뛴 것이다.

"크으윽!"

"대단하군. 오크라서 그런가?"

팔에 깊숙이 총탄이 박히는 상처를 입고서도 움직이는 고르간의 모습에 수현은 감탄했다.

치유 능력이라고 해서 만능은 아니었다. 총탄이 박혔으면 일단 빼내고 치유를 해야 했다.

"됐다. 다른 놈들은?"

치유 능력자의 힘은 볼 때마다 경이로웠다. 중상을 입거나 죽어가기 직전의 사람도 살려낼 수 있는 것이다. 겉으로 보기에 화려한 능력은 아니었지만 그 효율성만큼은 최정상에 위치했다.

괜히 각 집단이 치유 능력자를 모으려고 하는 게 아니었다.

"저희는 괜찮습니다."

"뭐야. 요령 부려가면서 싸운 거야?"

"요령이라니, 전술입니다!"

"수고했다. 일단 마무리는 된 거 같으니 알아서 쉬고 있어. 방심하지는 말고."

"예!"

엉클 조 컴퍼니보다 진돗개의 피해가 컸다. 특히 총알받이로 1팀 앞에서 싸운 9팀과 10팀이 손해를 많이 봤다.

수현은 손을 쥐었다 피면서 그들에게로 걸어갔다.

'다 치료가 될지 모르겠군.'

치유 능력이 가성비가 좋은 능력이긴 했지만 부상자가 수두룩하면 이야기가 달라졌다.

"너는……."

"도움이 필요한가?"

수현을 본 진돗개 팀의 대원들이 반색했다. 지금 그들의 상황에서 치유 능력자가 나서서 도와주는 건 먼저 말은 할 수 없지만 누구나 환영하는 일이었다.

"잠깐. 우리는 해줄 수 있는 게 없어."

"세상 참 각박하게 살았군. 그냥 호의야. 같이 등을 맞대고 싸웠는데 이 정도도 못 해주겠어?"

수현은 무해하다는 걸 증명하듯이 양팔을 벌린 후 쓰러진 진돗개 팀원들에게 다가갔다. 이들은 저번 일에서 엉클 조 컴퍼니한테 결과를 뺏긴 것 때문에 그들을 경계하고 있었다. 아마 내부적으로도 한 소리를 들었을 것이다.

그런데 이번에도 결과적으로 엉클 조 컴퍼니가 활약하게 되었다. 먼저 공격을 눈치챈 것도 엉클 조 컴퍼니의 팀장인 수현이었고, 싸움이 일어나던 도중 적의 뒤를 공격한 것도 수현이었다. 이런 상황에서 목숨까지 빚진다면 다른 걸 내줘야 할지도 몰랐다. 그리고 그 책임은 그들에게 돌아갈 것이다.

"으허허억?!"

"아. 이 악물고 있으라는 말을 까먹었군. 뭐, 죽는 것보단 낫잖아? 총알 뺀다?"

"끄아악!"

요란하게 비명을 지르는 덕분에 주변의 시선이 그쪽으로 집중되었다. 그리고 이정우와 진돗개 1팀 대원들의 시선도.

이정우는 침착을 되찾고 주변을 둘러보았다. 그들이 초능력을 봉쇄당한 사이 공격받은 9팀과 10팀의 피해가 컸다. 다행히 엉클 조 컴퍼니의 치유 능력자가 나서서 치료해 주고 있지만…….

'도대체 어떻게 된 거지?'

이정우는 바보가 아니었다. 방금 일어난 그 기현상. 초능력이 발동되지 않는 현상은 분명 습격자들과 관련이 있었다.

초능력에 관련해서 여러 연구가 진행되고 있다는 건 그도 알고 있었다. 그중에는 초능력을 억제하는 연구도 있었지만, 실제로 실전에서 사용될 만큼 개발이 된 게 있으리라고는 생각지도 못했다.

'분명…… 놈들이 대기하고 있던 주변에…….'

습격이 끝나자 머리가 제대로 돌아갔다. 기습을 당한 건 당한 것이었고, 이후 일 처리는 별개다. 기습을 한 놈들이 누구인지, 어떻게 그런 장비를 갖고 있었는지. 전부 알아내야 했다.

"저 주변을 확인해봐. 놈들이 어떤 방법으로 초능력을 막은 건지 알아내야겠다."

이정우의 말에 대원들은 고개를 끄덕였다. 그들도 초능력이 봉쇄된 황당한 경험을 겪었다. 이정우가 내린 지시의 필요성을 이해하고 있었다.

"고맙다. 신세를 졌군."

"별거 아니니 신경 쓸 필요는 없어."

수현은 뒤도 돌아보지 않고 대답했다. 졸지에 무시당한 꼴이 된 이정우는 눈썹을 꿈틀거렸지만 뭐라고 말하지는 못했다. 일단은 그의 동료를 치료하고 있는 초능력자였다.

'생각보다 성격이 까칠한 놈이군.'

"아. 그쪽은……. 신세 질 일 생긴다고 했지?"

"잠, 잠깐만."

수현은 가장 처음 만난 진돗개의 대원을 알아보고 그렇게 말했다. 분명 그때 그는 신세 질 일이 있을 리가 없다고 말했었다. 고통으로 창백해진 얼굴로 대원은 손을 휘저었다.

"살려줘도 불만인가? 얌전히 받아들여."

다시 들리는 비명. 계속해서 초능력을 사용한 수현의 이마에 땀방울이 맺혔다. 물론 이들이 예뻐서 이러는 건 아니었다. 다 필요성이 있어서 하는 짓이었다.

저번 캘커타 고릴라 사냥부터, 이번 습격까지. 엉클 조 컴퍼니는 과도한 이익을 누려왔다. 이번 습격의 뒷일까지 마무리까지 되고 나면 진돗개 측은 그들이 뭘 놓친 건지 깨닫게 될 것이다. 아무리 성인군자라도 그 정도로 이용당하게 되면 화가 나기 마련. 괜히 나중에 뒤통수라도 맞지 않으려면 적당히 선행을 베풀어줘야 했다.

구명 활동은 확실한 인상을 줄 것이다. 이렇게 하고 나면 진돗개 팀은 끝나고 나서도 치유 능력자에게 신세를 졌다는 인식을 가질 것이다.

수현은 뒤에서 1팀 대원이 수색을 시작한 걸 보고 속으로 웃었다. 이미 초능력 상쇄장치부터 시작해서 증거가 될 만한 것은 엉클 조 컴퍼니 쪽으로 옮겨 놓았다. 심문을 위해 생포한 놈은 숲속에 따로 숨겨 놓았고. 그들이 아무리 뒤져봤자 얻을 수 있는 건 신원 미상의 시체와 스텔스 슈트 정도였다.

'미안하지만 이해해달라고.'

진돗개 팀이야 저 증거로 범인의 정체를 추리하는 게 불가능했지만 수현은 달랐다. 범인을 안다면 이유는 적당히 그럴듯하게 붙일 수 있었다.

이제 남은 건 정부와의 교섭이었다.

"별다른 건 없습니다만……."

"제대로 찾아본 거 맞아?"

"정리가 되고 나면 다시 한번 수색을 시키겠습니다만, 지금은 일단 없는 것 같습니다."

"젠장. 어쩔 수 없군. 시체는 한곳에 모아놔. 돌아가서 확인해 봐야 하니까. 이봐. 거기. 치유는 끝났나?"

"대충. 할 말이라도 있나?"

"정신없을 때 미안하게 됐는데, 우리도 지금 해야 할 일이 있어서 말이야. 이 시체들을 도시로 갖고 가서 보고를 해야 할 거 같거든? 괜찮다면 같이 움직이고 싶은데."

"물론 환영이지."

"그쪽은 숲을 내버려 둘 건가?"

"이런 공격이 있었는데 계속 여기에 있을 수는 없잖아? 우리는 그쪽처럼 여기에 배치해 둘 예비 병력도 없고. 어쩔 수 없지. 설마 또 공격해 오지는 않을 테니까."

"그런가. 알겠다."

공격이 있기 전에는 같이 움직이는 건 꿈도 꾸지 못할 분위기였지만, 지금은 많이 달라져 있었다. 싸우면서 엉클 조 컴퍼니의 도움을 많이 받은 것도 있었고, 무엇보다 실제로 공격이 일어난 이상 일단은 힘을 합쳐야 했다.

"그러면 정리되는 대로 움직이지."

수현은 고개를 끄덕였다. 공터 주변이 전투로 인해 박살이 났지만, 일단 사람만 회복된다면 빠르게 수습이 가능했다. 수현의 치유로 중상자들은 일어나서 움직일 수 있을 정도로 회복이 되었다.

"멀쩡한 놈들은 빨리 빨리 움직여! 인규, 이 멍청한 놈아! 거기서 그걸 왜 건드리냐! 그런 건 내버려 두고 다른 것부터 먼저 해!"

"팀장님, 저희는 정리 끝났습니다."

아까 방해 공작을 당한 파워 아머도 다시 기동됐다. 엉클 조 컴퍼니의 팀원은 언제라도 움직일 수 있게 준비가 끝났다.

"그러면 잠깐 대기하고 있어. 난 뭐 좀 확인하고 올 테니까.”

“정신을 차렸나?”

“……?”

“걱정 마. 다른 사람들이 올 일 없는 외딴곳이니까. 찾느라 고생 좀 했지. 덕분에 시간이 좀 촉박해. 그러니까 내가 하는 질문에 바로 대답해 줬으면 좋겠어.”

남자는 굳은 표정으로 입을 다물었다. 이런 상황에 대비해 훈련을 받았다. 어떤 고통이 있어도 입을 열지 않을 생각이었다.

‘작전은 실패한 건가?’

실패할 요소는 조금도 없어 보였다. 상대방은 어차피 용병. 강해 봤자 허점을 찌를 방법은 많고 많다. 남자는 느낄 수 있었다. 눈앞에 있는 수현 때문에 작전이 실패했다는 것을.

“너는…… 대체 누구냐?”

“질문에 대답을 하라고 했더니 역으로 질문을 하네. 됐고. 대답할 준비는 됐나?”

“그럴 일은 없을 거다.”

"호. 고문 훈련도 받았나 보군."

남자는 그렇다는 듯이 눈빛으로 답했다.

"나는 고문을 하는 훈련을 받았거든? 그러면 누가 더 훈련을 잘 받았나 시험해 보자고."

"……!"

얻어낼 수 있었던 정보는 많지 않았다. 수현이 예상했던 대로, 그들은 중국군 특수부대인 흑표돌격대 소속이었다. 흔히들 흑표대라고 많이 부르는, 카메론 행성에서 활동하는 중국 쪽 특수부대였다.

타국의 자원을 날려 버리고 위장하는 것이 그들의 임무였다. 그 이상으로 알아낼 수는 없었다. 그도 알지 못하는 정보였으니까.

마음 같아서는 한 명 정도는 생포해서 데리고 가고 싶었지만, 그럴 수는 없었다. 그는 수현의 염동력을 봤기 때문이었다.

"어쩔 수 없나."

수현은 적당한 곳에 놈의 시체를 던져놓았다. 증거가 남지 않게 했으니, 나중에 수색하던 이들이 발견해도 전투 도중에 죽었다고 생각할 것이다.

습격자들의 시체는 대부분 진돗개 팀이 가져갔다. 엉클 조 컴퍼니에서 불평을 하려면 얼마든지 할 수 있는 상황이었지만, 그들은 그러지 않았다. 어차피 이미 필요한 건 다 갖고 있었기 때문이었다.

'시체 몇 구에, 스텔스 슈트. 기타 장비에 초능력 상쇄장치까지. 굳이 다른 시체에 욕심부릴 필요는 없지.'

진돗개 측은 저 시체를 가지고 누가 습격자인지 찾아내려고 할 것이다. 그동안 엉클 조 컴퍼니는 정부와 교섭해야 했다.

"……그래서 이렇게 된 겁니다. 이해하셨습니까?"

"중국군 특수부대라고??"

조승현은 경악한 표정으로 물었다. 국가 지원을 받으면서 움직이는 세력과 부딪혔다는 건 보통 일이 아니었다. 그러나 수현은 표정 하나 변하지 않았다.

"증거야 약간 부족할지 모르지만 살을 붙여서 말해주면 그 쪽도 어지간해서는 그냥 믿을 겁니다. 애초에 이런 걸 할 수 있는 놈은 얼마 안 되니까요."

조승현은 수현의 말을 듣고 얼굴을 딱딱하게 굳혔다. 돌아온 수현의 보고를 들은 그는 계속해서 놀라고 있었다.

습격 자체로도 놀라운 사실이었지만, 그보다 더 놀라운 건 습격자의 신분이었다. 적이 그 정도 전력으로 덤볐는데 한 명도 죽지 않고 살아 돌아왔다는 건 기적에 가깝게 느껴졌다.

"진돗개 측에서 헛발 짚고 있는 동안에 먼저 나서서 처리하는 게 좋습니다. 빠르게 접촉해서 보고한 후 교섭에 들어가세요. 보낸 팀이 전멸당했으니 한동안은 움직이지 않겠지만 혹시 모르는 일이니까요."

수현은 현란하게 지시를 내렸다. 저번에 있었던 테러와 이번에 있었던 습격. 그걸 보고하고 나서 레드우드 숲의 권한을 매각하는 것까지.

정부에 어떻게 연출을 만드는지 지시받는 조승현의 눈동자가 크게 떠졌다.

'대체 이 자식은……?'

사람 보는 눈은 있다고 자부하는 조승현이었지만, 수현은 그 깊이를 알 수가 없었다. 젊어 보이는 놈이 머리를 굴리는 걸 보면 보통 노회한 솜씨가 아니었다.

"알겠다. 나머지는 내게 맡겨라!"

현장에서 수현이 그렇게 공을 세웠으니 이제 나머지는 그가 능력을 보여줄 차례였다.

조승현은 바로 인맥을 동원해 기존 레드우드 숲을 관리하던 민간 기업의 책임자와 정부 측의 관리자에게 접촉했다. 가볍지 않은 제보였기에 그들은 기민하게 반응했다.

행성관리부는 정부의 부서 중 역사가 짧은 편에 속했다.

그렇지만 그 비중과 권한에 관해서는 아무도 무시하지 못했다. 그만큼 막중한 책임을 지고 있는 부서였다.

조승현이 접촉한 건 그중에서 자원관리실의 실장이었다. 조승현이 가지고 온 증거와 그걸 기반으로 정리된 습격자의 정체를 듣자 자리에 있던 사람들의 얼굴이 딱딱하게 굳었다.

"이건 그냥 넘길 수가 없는 문제군요."

"물론 이걸로 어떻게 할 수는 없을 겁니다."

확보한 건 어디까지나 정황상 증거였다. 수현이 말한 것이 아니었다면 중국 측에서 보낸 부대라는 걸 추측하지도 못했을 것이다. 이 행성에 진출한 국가는 한둘이 아니었으니까.

진돗개 팀은 시체의 신원 조사를 하려고 하는 것 같았지만 수현은 일찌감치 포기한 상태였다. 그런 식의 공작을 보낼 정도면 이미 신분은 확실하게 세탁하고 준비시켰을 것이다.

"그렇지만 중요한 건 놈들이 누구인지 알아냈다는 것과 신기술을 확보했다는 것 아니겠습니까?"

"당연하죠. 그 정도면 충분합니다. 갑작스러운 공격을 당했는데 더 이상 바라면 도둑놈이죠."

초능력 상쇄장치를 상용화시켰다는 건 보통 정보가 아니었다. 당장에라도 군 연구소에 보내서 이 사실을 알려야 했다.

"이렇게 알려주러 오셔서 정말 감사합니다. 조승현 씨."

"무슨 말씀을, 여기서 일하는 한국인이라면 당연히 해야 할 일 아니겠습니까? 우리가 누구 덕분에 여기서 마음 편하게 지낼 수 있는데……."

자원관리실의 실장, 서중범과 조승현은 서로 마주 보고 기분 좋게 웃었다. 조승현이 그들에게 가져다준 정보가 얼마나 가치가 있는 정보인지 그도 정확히 계산이 안 될 정도였다. 습격자의 정체부터 시작해서 놈들이 사용하던 기술까지.

그리고 이 분위기에서 소외된 건 구성의 담당자인 오상완이었다. 구성. 이전 레드우드 숲의 벌목권을 갖고 있던 회사였다. 어찌 보면 이번 사태의 가장 큰 피해자이기도 했다.

'이걸 알려주려고 부른 건가?'

습격자의 정체를 알게 된 건 물론 좋은 일이었다. 그렇지만 그게 돈이 되지는 않았다. 중국 측에서 보냈다고는 하지만 실질적인 증거가 없었기에 보상해 줄 곳은 아무 데도 없었다. 오상완은 씁쓸함을 속으로 삼켰다.

"사실 제가 오늘 말씀드릴 제안은 따로 있습니다."

"……?"

"아마 두 분 다 아시고 계시겠지만, 캘커타 정글 지대에서 새로 발견된 레드우드 숲에 대한 이야기입니다."

그 주변에서 습격이 일어났다는 사실은 이미 들어서 알고 있었다.

둘은 궁금하다는 듯이 조승현을 쳐다보았다.

"이번에는 운이 좋아서 어찌어찌 막아냈지만……. 사실 저희 쪽 전력으로는 이걸 계속 붙잡고 있을 수가 없습니다. 저희는 소수 정예로 움직이는 팀이라서요."

진돗개는 덩치가 있으니, 스스로 벌목 작업까지 진행해서 이익을 얻으려고 하는 것 같았다. 그러나 엉클 조 컴퍼니는 그렇게 하려면 대원들이 계속해서 그 주변을 맴돌아야 했다. 팀 하나밖에 없는 회사로서는 불가능했다.

"레드우드는 구성 측이 전문가 아닙니까? 괜찮으시다면 적당한 가격에 벌목권을 넘기고 싶습니다만."

"……?!"

두 사람은 놀란 표정으로 고개를 돌렸다. 조승현의 제안은 너무 친절한 제안이었던 것이다.

구성은 사기업이지만 정부와 밀접한 관계를 맺고 있었다. 레드우드 숲의 관리부터 군대가 하고 있었으니 어찌 보면 당연한 일이었다. 덕분에 그 수익은 일정 부분 정부 측으로 들어갔다.

진돗개처럼 스스로 벌목을 하고 관리를 하면 정부 측에 어떠한 이익도 없었지만, 구성처럼 정부와 협업을 하는 형식으로 하면 정부 측에도 막대한 이익이 들어간다. 당연히 정부 입장에서는 구성 같은 기업을 선호했다.

그리고 구성 측의 이익은 말할 것도 없었다. 물론 벌목권의 가격은 보통이 아니었지만, 그 이후로 지속적으로 만들어낼 수 있는 수익과 비교한다면 비교가 되지 않았다.

아무리 엉클 조 컴퍼니가 관리할 능력이 없다지만 이렇게 급하게 팔 필요가 없었다. 경매로 가지고 간다면 가격을 몇 배로 불릴 수 있었다.

"관심이 없으신가 봅니다?"

"아, 아니, 그건 아닙니다!"

"물론 저도 이게 어떤 의미인지는 알고 있습니다."

"바라는 게 있으시군요?"

"예."

서중범은 눈치가 빨랐다. 조승현이 이런 걸 넘겨주는 대신 뭔가를 원한다는 것을 깨달은 것이다.

"현재 용병 회사는 과포화 상태입니다. 그중에서 두각을 드러내고 있는 놈들은 몇 안 되고요."

대형 회사는 제법 숫자가 있었지만, 그들 중에서 실질적인 의미로 미개척 지대를 탐험하고 자원을 발견한 후, 몬스터 처리까지 하는 회사는 많지 않았다.

위험성이 너무 높기 때문이었다.

성공하면 그 성과는 비교도 안 될 정도로 높지만, 그만큼 위험성도 만만치 않았다. 이미 알려진 곳도 재수가 없으면 사고가 나는데 알려지지 않은 곳은 더더욱 그랬다.

그렇기에 대형 용병 회사는 1팀 같은 고급 전력을 구비해 놓고서도 어지간하면 위험한 일에 고개를 들이밀지 않았다. 그들을 움직이게 하려면 정말 매력적인 제안이 필요했다.

"정부 측에서는 탐험을 맡아줄 회사가 필요하지 않습니까?"

이미 덩치와 규모로만 승부하는 용병 회사는 포화 상태다. 후발주자인 엉클 조 컴퍼니가 그렇게 해봤자 시간도 오래 걸릴뿐더러 별다른 강점이 없었다.

수현은 역으로 갈 생각이었다. 미개척 지대에 가서 몬스터를 상대하고 돌아올 수 있는 전력은 정부에게 귀중한 존재였다.

엉클 조 컴퍼니는 바로 그런 팀이 되어야 했다. 정부 직속으로 지원을 받으며 미개척 지대의 문제를 해결하는 팀.

아무나 할 수 있는 걸 해봤자 경쟁력이 없었다. 경쟁력과 가치는 아무도 할 수 없는 걸 혼자 할 수 있을 때 자연스럽게 만들어진다.

“미개척 지대의 탐험을 말씀하시는 겁니까?”

“예.”

“그건…… 좀 위험한데요.”

“그 정도야 이미 각오하고 있습니다.”

“개발계획국 쪽에서는 언제나 사람을 구하고 있기는 한데…….”

망설이던 서중범은 결심을 하고 입을 열었다. 소개시켜 주는 건 간단한 일이지만, 이건 그렇게 해서 될 일이 아니었다.

상대가 이렇게 호의적으로 나왔는데 정보를 속였다가는 나중에 일이 골치 아파질 수도 있었다.

“조승현 사장님, 솔직하게 말하겠습니다. 이 정부 지원을 받고 미개척 지대로 가는 건 겉으로만 보면 매력적으로 보일지도 모르겠습니다만, 실제로는 많이 위험한 일이에요. 잘 알려지지 않아서 그렇지 벌써 실패한 팀이 많이 나왔습니다. 이름만 말하면 다들 알 대형 용병 회사들이 참여했는데도 말입니다. 이렇게 저희한테 호의를 베풀어주셨는데 나중에 오해하실까 봐 미리 말씀드리는 겁니다.”

"성공한 사람도 있잖습니까?"

"지금 현재 정부 밑에서 운용되고 있는 팀은 손가락에 꼽을 정도입니다. 그 정도예요. 그런 팀은 다 명성이 자자한 팀들이고요."

"알고 있습니다."

조승현은 표정을 변하지 않고 말했다. 그걸 본 서중범은 조승현이 이미 모든 걸 알고서 말했다는 걸 깨달았다. 무턱대고 기회를 달라고 하는 게 아닌, 계산을 끝내고 온 것이다.

그렇다면 거절할 이유가 없었다.

"그리고 무조건 할 생각은 저희도 없습니다. 제안을 받고, 저희가 할 수 있다는 확신이 들면 나설 거예요."

"그 정도야 당연히 이해를 합니다. 용병도 죽으려고 이 일을 하는 건 아니니까요."

조건을 까다롭게 따지고 하는 건 다른 용병들은 더하다. 특히 실력이 좋으면 좋을수록 더더욱. 어찌 보면 까다롭고 거만해 보였지만, 이 행성에서 실력이 있는 자들에게는 당연한 권리였다.

"그러면 이야기가 대충 끝난 것 같으니…… 협상을 해봅시다."

“이야기는 잘됐습니까?”

“네가 하라는 대로 다 했다만, 잘한 건지는 모르겠다. 겁을 잔뜩 주던데.”

“원래 정부가 맡길 정도의 일은 다 위험하기 짝이 없는 일들이니까 그렇겠죠.”

“그런데 우리가 그런 일을 하겠다고 나선 거잖아. 괜찮겠냐?”

“흠…….”

조승현의 표정은 불안이 섞여 있었다. 정부의 지원을 받으며 개척 지대를 돌아다니는 팀은 용병이라면 누구나 꿈꾸는 자리였다. 대형 회사들이 그걸 몰라서 시도하지 않는 게 아니었다.

이건 독이 든 성배였다.

정부가 이렇게 따로 지원을 하면서 맡길 정도의 일은 그만한 난이도를 가지고 있었고, 어지간한 팀들도 그 일의 위험성을 보고 꺼리는 게 대부분이었다. 실력을 떠나서, 그런 위험에 뛰어드는 이들이 많지 않았던 것이다.

그러나 수현은 확고한 자신감을 가지고 있었다. 과거로 돌아오기 전, 군인으로 일하면서 해결한 일들이 한두 개가 아니었다.

그와 그의 팀은 문제가 생겼을 때 불리는 해결사 수준이었다.

'지금 무리라고 알려진 탐사 중 내가 이미 알고 있는 것들이 꽤 될 게 분명해.'

굳이 모르는 위험한 임무에 뛰어들 생각은 조금도 없었다. 그가 알고 있는 임무를 맡아서 해결하면 그만이다.

몇 번만 연속적으로 성공시키면, 엉클 조 컴퍼니는 과거의 수현이 이끌던 팀의 명성을 그대로 이어받을 것이다.

'명성을 얻고, 세력을 키운다. 이 회사만으로 싸움이 가능할 정도로.'

강력한 용병 회사는 그 자체만으로도 힘이었다. 과거의 수현은 너무 그의 팀만 신경 쓰고 있었다. 그의 팀이 박살 나고 자리에서 잘려 나가자, 그는 아무런 힘도 쓸 수 없었다.

이제는 그렇게 하지 않을 생각이었다.

"이제까지 제가 장담해서 실패한 적이 있습니까?"

"없지. 그렇지만 실수하지 않는 사람은 없잖아?"

"이미 배는 출발했습니다. 이제 와서 취소하기에는 늦었죠. 지금이라도 내리실 겁니까?"

조승현은 수현의 말을 듣고 피식 웃었다. 이 젊은 놈의 말을 들으면 신기하게도 믿음이 갔다. 스스로의 목숨을 걸고 행동하는 것에서 나오는 자신감. 그런 자신감이 사람들을 설득하는 걸지도 몰랐다.

'그래. 이미 배는 출발했지.'

천천히, 안전하게 가려고 했지만 이미 그런 길과는 멀어진 상태였다. 수현과 다른 팀원들이 목숨을 걸고 만들어준 기회. 이런 걸 놓치면 남자가 아니었다.

"걱정 마세요. 무슨 일을 맡든 간에, 거기서 목숨을 걸고 싸우는 건 저니까. 계획을 세우고 갈 겁니다. 아, 레드우드 숲은 어떻게 됐죠?"

조승현은 대답 대신 손가락을 폈다. 왼손은 하나, 오른손은 둘.

"120억?"

"그래."

"그 넓이치고는 아쉽긴 한데……. 차액은 기회를 샀다고 생각합시다."

"필요한 게 있으면 뭐든지 말해라. 이래 봬도 전직 무기상인이었으니까. 어지간한 건 구해다 줄 수 있다."

"듣는 것만으로도 기쁩니다. 아, 스텔스 슈트나 상쇄장치는 어떻게 됐습니까?"

그들이 노획해서 가지고 온 스텔스 슈트나 초능력 상쇄장치. 당연히 그냥 선심 쓰듯이 준 게 아니었다. 수리와 분석이 끝나면 그들에게 우선적으로 사용할 권리를 달라고 교섭한 것이다.

"약속받았다. 끝나는 대로 우리가 먼저 사용할 수 있도록 조치해 주겠다고 하더군."

"상쇄장치는 기대 안 합니다만, 스텔스 슈트는 쓸 만한 물건이죠. 그거 좀 얻었으면 좋겠는데."

둘 다 귀한 물건이지만, 희소성으로 따지자면 초능력 상쇄장치가 한 수 위였다. 스텔스 슈트 같은 건 미군 측에서 가장 먼저 개발을 성공한 물건이었으니까.

그렇지만 상쇄장치는 큰 기대가 가지 않았다. 이런 임무에서 썼다는 건, 적한테 뺏기더라도 바로 기술을 훔치지는 못할 거라는 자신감을 상징했다. 내부도 보안이 철저하게 되어 있을 것이다.

"그리고 어련히 알아서 잘하시겠지만, 무기보다는 인원을 좀 충당했으면 좋겠습니다."

"인원? 인원이 필요한가?"

"1팀에는 안 필요해요. 어차피 앞으로 할 일은 사람 수 많다고 되는 건 아니니까. 그렇지만 인원이 적으면 회사도 한계가 있습니다. 만약의 상황에 돌릴 수 있는 서너 팀 정도는 갖고 싶네요."

수현이 이끄는 1팀은 소수 정예의 전문가로서 가치를 올리고, 그 외에 다른 팀은 숫자가 필요한 일을 맡는다. 회사로서 어느 정도 규모도 갖춰야 했다.

"무리야. 그 정도는."

"물론 지금 당장 다 갖추는 건 무리지만, 한두 팀 정도는 돈만 넣으면 만들 수 있지 않습니까? 엉클 조 컴퍼니 1팀을 만들었던 것처럼 군인들을 고용하세요."

"응?"

조승현은 카메론 행성에서 잔뼈가 굵은 용병이나 탐험가들을 고용할 생각이었다. 지금 팀은 어쩔 수 없어서 그렇게 시작했지만, 보고서를 보니 적응도 만만한 일이 아니었다.

다시 시행착오를 겪을 바에는 처음부터 경험자를 고용하는 게 나았다.

그러나 수현은 반대로 말하고 있었다.

"군인들을 고용하라고? 힘들지 않을까? 우리 팀만 봐도 알겠지만, 너 없으면 엄청 헤맸을 것 같은데……. 괜히 안 맞는 놈들 데리고 와봤자 손해만 나오지 않겠냐?"

"뭐, 지구 군인들이 여기 오면 헤매기는 하죠."

아무래도 다른 상식에 적응하는 건 쉬운 일이 아니었다.

"그것 때문에 용병 회사 측에서도 카메론 행성에서 구른 놈을 선호하는 건데……. 사실 기본기 면에서는 군인이 나아요. 여기 적응은 아주 좋은 교관 하나만 있으면 어떻게든 됩니다.”

“아주 좋은 교관?”

“저요.”

표정 하나 변하지 않고 당당하게 말하는 수현을 보자 조승현은 어이가 없었다.

14장
카크리타 계곡(1)

"카메론 행성에서 닳고 닳은 놈들을 모아 다른 팀을 만드는 건 나쁜 생각은 아닌데, 가성비 면에서 안 좋죠. 그런 생각을 하고 있는 용병 회사가 셀 수도 없고, 또 그런 놈들은 자기 가치를 아니까 어지간해서는 잘 안 오거든요. 군인들을 데리고 오세요. 지구에서는 아직도 여기에 환상을 품고 있는 사람이 많잖습니까."

당장에 1팀만 해도 일확천금의 꿈을 꾸고 조승현을 따라온 사람들이 수두룩했다.

"그런 사람을 데리고 오세요. 여기 적응은 제가 시켜드리겠습니다."

"……!"

"이정우 팀장님. 들으셨습니까?"

"뭔데?"

"엉클 조 컴퍼니 측이 레드우드 숲의 권리를 팔아넘겼답니다."

"뭐? 언제?!"

좀처럼 표정을 바꾸지 않던 이정우였지만, 이 말에는 놀라서 표정을 바꿨다. 레드우드 숲의 권리를 파는 경매라면 소문이 안 퍼질 수가 없었다.

"경매가 있었나? 대체 언제?"

"아뇨. 경매가 아니라 단독으로 따로 교섭을 해서……. 구성 측에 넘겼다는데요."

"구성이라고?"

"예."

"……멍청한 짓을 하는군. 그쪽도."

"……?"

말을 꺼낸 팀원은 이해를 하지 못해 고개를 갸웃거렸다. 이정우는 한숨을 쉬었다.

초능력자는 그 초능력 때문에 다른 능력이 다른 사람들에 비해 좀 떨어져도 대우를 받는 경우가 많았다. 이런 면에서 그의 부하는 머리를 쓰는 게 조금 떨어지는 편이었다.

"이걸 또 일일이 설명을 해줘야 하나? 자, 들어봐라. 엉클 조 컴퍼니는 단독으로 레드우드 숲을 관리할 능력이 없다."

"저번에 막아냈잖습니까? 그놈들 없었으면 우리도 피해가 만만치 않았을 텐데요."

운영 측은 몰라도, 대원들은 대체로 엉클 조 컴퍼니에 호감을 갖고 있었다. 물론 수현 덕분이었다. 손익을 따지지 않고 목숨을 살려줬는데 악감정을 갖는 사람은 없었다.

"이런 멍청한 놈. 물론 활약했다는 걸 부정하는 건 아니야. 하지만 놈들이 계속 생겨나는 문제를 막아내고 관리할 수 있을까? 단독으로?"

"그건…… 힘들지 않을까요? 인원도 별로 없던데."

"그렇겠지. 당장 저번 싸움도 우리 없었으면 대번에 밀렸을 거다."

이정우가 엉클 조 컴퍼니를 무시하는 건 아니었다. 습격을 미리 알아채고, 덤벼오는 놈들을 제거하고, 전면전 도중에 놈들의 뒤를 쳐서 상황을 흔들었다. 그것만으로도 충분한 공이었다.

그렇지만 결국 싸움을 결정한 힘은 진돗개 1팀의 초능력자들에게서 나왔다. 이정우는 그렇게 생각했다.

그는 설마 수현이 적들을 유도해서 따로 처리한 후, 초능력 상쇄장치를 알아채고 의도적으로 파괴했을 거라고는 상상치도 못했다. 그건 상상의 범위 바깥에 있는 일이었다.

"그러니까 파는 게 가장 이익에 남는 장사라는 거다. 덤비는 놈들이 누군지는 모르겠지만, 막아낸 지금 팔아야 가장 잘 팔리겠지."

"그래서 팔았잖습니까?"

"멍청한 놈. 경매로 판 게 아니라 따로 교섭을 해서 팔았다고 하잖냐. 아직도 무슨 뜻인지 이해 못 했냐?"

"??"

"놈들은 정부 측에 줄을 대려고 한 거다. 다른 곳도 아니라 구성 측에 팔아넘겼으면 답이 나오지. 그쪽은 거의 정부 쪽 기업이나 마찬가지니까."

"거기도 괜찮지 않습니까? 게다가 정부한테 인정받으면 좋죠."

"너……. 초능력도 좋지만 머리 굴리는 것 좀 배워라. 경매로 내놓았으면 구성 측이 제안한 것보다 몇 배 이상으로 남겨 먹을 수도 있었을 거다. 우리 측에서도 끼어들 수 있었을 텐데……."

이정우는 아쉽다는 듯이 혀를 찼다. 상황이 이렇게 되자 최재호의 실수로 놓친 영역이 정말로 아까웠다.

"그리고 정부랑 친하게 지내는 건 머리 굴려서 하는 거야.

그거 하나 바친다고 정부가 대뜸 잘해 줄 거 같나? 받쳐줄 게 없으면 그냥 토사구팽당하고 끝이라고. 정석적으로 세력을 키울 생각은 못 하고 꼼수를 부리는군. 대원들만 아깝게 됐어."

"거기 실력 괜찮더라고요."

"치유 능력자?"

"아뇨. 다른 대원들이요. 공터에서 붙기 전에 꽤나 많이 죽였더라고요. 독특하게 싸우던데. 화살 보셨죠?"

카메론 행성에서 독특한 방법으로 싸우는 사람은 한둘이 아니었다. 화살을 이용한 함정은 놀랄 것도 없었다. 그들은 화살에 맞아 죽은 시체를 보고 엉클 조 컴퍼니가 함정으로 그들을 잡았다고 생각했다.

"오히려 초능력자가 아니라서 그렇게 잘 싸웠던 걸지도 모르겠군. 초능력에 의존할 수가 없으니 알아서 싸우는 방법을 익힌 거지."

"뭡니까. 팀장님이 그런 소리를 하시면 안 되죠. 가장 강력한 초능력자시면서."

"누가 뭐라고 했나? 초능력자가 아닌 놈들도 나름대로 싸울 줄 안다는 소리잖아."

"저는 그렇게 자잘하게 싸우는 것보다 그냥 초능력으로 싸우렵니다."

부하의 말을 들은 이정우는 생각에 잠겼다. 그때, 초능력이 발동되지 않은 이유는 아직도 해결되지 않은 상태였다. 일시적인 상황이었지만, 다시 생각해도 끔찍한 상황이었다.

"그놈들……. 신원 아직 안 밝혀졌지?"

"네. 전원 다 신원 미상이랍니다."

"밝혀지긴 글렀군. 대체 어떤 방법을 쓴 거지?"

"그 연막 아닐까요?"

"연막?"

"일시적으로 안 나왔다가 사라진 거니까……. 그게 가장 그럴듯하다고 생각합니다만."

수현이야 미래에 일어난 일로 정확한 정보를 알고 있었지만, 이들은 그러지 못했기에 헛다리를 짚을 수밖에 없었다.

"확실히 일시적으로 안 나왔다가 다시 풀렸지."

"너무 걱정하지 마세요. 이번에는 기습 때문에 급하게 나와서 그렇지, 다음에 이런 일이 생기면 이번처럼 싸우지는 않을 겁니다."

이정우와 달리 부하는 태평했다. 그의 초능력이 다시 막히리라고는 생각하지 않는 것 같았다. 확실히 연막 형태로 작동하는 물건이라면 수월하게 피할 수 있다. 게다가 효과도 얼마 지나지 않아 회복된 걸 보면 해독에 어려움이 없었다.

'문제는 그게 아닐 때지.'

고민하던 이정우는 포기하고 일어섰다. 어차피 여기서 고민해 봤자 달라지는 건 없었다. 진돗개 1팀의 팀장으로 그가 해야 할 일은 이것 말고도 많고 많았다.

“됐다. 어차피 구성 측으로 넘어갔으면 그쪽에는 한국군이 들어가겠지. 같이 일하기에는 엉클 조 컴퍼니보다 그쪽이 더 든든해.”

“우리도 팔아넘기면 속이 편할 텐데 말이죠.”

“정신 나갔냐? 우리가 뭐가 아쉬워서.”

“하긴, 그것도 그러네요.”

“그리고…….”

“……?”

“밑에 말해 놔라. 엉클 조 컴퍼니 좀 지속적으로 관찰하라고.”

“예? 그걸 왜…….”

“일하는 거 보아하니 언제 흩어질지 모르는 곳이다. 최재호가 실패했다지만 치유 능력자는 귀중하지. 다시 시도할 가치가 있어. 흔들리면 가서 빼 오자고.”

“알겠습니다. 그렇게 하죠.”

이런 식의 스카우트는 전혀 꺼려질 게 없었다. 부하는 씩 웃으며 방 밖으로 나섰다. 혼자 남은 이정우는 턱을 괴고 생각에 잠겼다.

이상할 정도로 엉클 조 컴퍼니의 팀장이 기억에 깊게 남았다. 그도 이유를 모를 정도로.

치유 능력과 상황 판단력을 제외하면 별다른 게 없는 놈이었다. 이정우는 그가 수현에 관해 판단을 이미 끝냈다고 생각하고 있었다. 그렇지만 찜찜한 기분은 가시지 않았다.

이정우는 알지 못했다.

지금 그가 느끼는 위화감은 맹수를 고양이로 판단한 것에서 오는, 본능적인 위화감이라는 것을.

"이게 현재 정부 측에서 원하는, 미개척지 리스트다."

"딸린 정보만 봐도 섬뜩한데요. 세 팀 실패에 두 팀 실종. 이거 시도한 회사는 속 좀 쓰렸겠습니다."

"남의 일처럼 이야기할 때가 아니야. 우리도 그 꼴이 날 수 있어."

"저만 믿으시라니까요."

"그게 말이야 쉽지……. 아 참. 너 진돗개 팀에서 누구 하나 스카우트하려고 했다며?"

"아. 그거요? 그걸 또 누가 말했습니까? 일단 밑밥은 뿌렸는데, 어떻게 될지는 잘 모르겠네요."

'빼 올 거면 초능력자로 각성하기 전에 빼 와야 하는데.'

강인규가 각성하고 나면 사실상 빼 오는 게 불가능했다. 초능력자를 그렇게 호락호락하게 내주지 않을뿐더러, 빼 오는 순간 사생 결단을 각오해야 했다.

문제는 강인규가 의외로 만만치 않은 상대였다는 점이었다. 워낙 소심하고 겁이 많은 성격이다 보니 역으로 스카우트가 힘들었다.

스스로에게 자신감이 있거나 조금이라도 거만하면 부추기고 띄워줘서 데려올 수 있을 텐데, 이런 방식이 조금도 통하지 않는 것이다.

일단 싸움이 끝나고 진돗개 팀원들을 도와주면서 강인규에게도 계속해서 접촉을 했지만, 어떻게 될지는 아직 알 수가 없었다. 본격적인 시도는 이번 일이 끝난 다음 다시 해봐야 할 것 같았다.

"그럴 만한 가치가 있는 놈이야?"

"으음……."

수현은 말끝을 흐렸다. 저주술사라는 이름으로 각성만 한다면 충분히 가치가 있었다. 단순히 초능력자라는 걸 떠나서, 수현을 제외한 팀의 초능력자가 없는 상황에서 저주를 걸 수 있는 존재는 매우 귀중했으니까.

"잘만 되면 충분히 있는 놈입니다."

"그래? 내가 접촉해 볼까?"

"역효과만 날 걸요. 안 그래도 소심한 놈인데 저부터 시작해서 사장님까지 접촉하면 지레 겁먹을 가능성이 높습니다. 일단 내버려 두세요. 지금 중요한 건 걔가 아니니까."

수현은 리스트 중 하나를 정해 확대했다.

"카크리타 계곡. 우리의 다음 목적지는 여기가 될 겁니다."

수현의 말에 조승현은 카크리타 계곡에 관련된 사항을 훑어보았다. 실패한 팀이…….

"다섯 팀 전원 실종인데……?"

"그야 능력이 부족해서 그렇죠."

카크리타 계곡은 카메론 행성에서도 이질적인 장소였다. 실제로 예전에도 수현의 팀이 그곳을 깨기 전까지는 수많은 이들이 죽어 나갔다.

그러나 정체만 알면 허무할 정도로 쉬웠다. 여기서의 일이 대체로 그랬다. 간단한 한 가지 사실을 알기 위해 사람들은 목숨을 걸어야 했다.

"들어가서 위험 요소가 뭐가 있는지 확인하고만 나오면 되는 거니……."

"그러고 보니 대원들한테는 어떻게 말할 생각이냐?"

"아. 간단합니다. 가고 싶다는 놈만 데리고 갈 생각이에요."

"정말로? 그래도 괜찮겠어?"

“여기가 군대도 아닌데, 가기 싫다는 사람 억지로 데리고 갈 수는 없잖습니까.”

수현은 위험하다고 생각하지 않았지만, 다른 이들에게는 그렇게 받아들여지지 않을 수도 있었다. 가기 싫다는 사람을 억지로 데리고 갈 생각은 없었다. 어차피 수현 혼자서도 처리할 자신은 있었으니까.

“어떤 보상이 있는지 말해주고 그걸 원하는 놈들만 참여시키죠. 그 이상은 필요 없습니다.”

“알겠다. 그렇게 할게.”

정부의 일을 맡게 된 이상, 각자에게 보장된 수당이 있었다. 기본적으로 억대를 보장하는 수당. 그러나 이런 일에 뛰어들 정도의 용병들은 보통 그런 걸 보고 뛰어들지 않는다.

‘탐험 도중 발견되는 건 탐사대 측 용병에게 우선권을 주는 게 크지.’

자원이 발견되고 나면 위험을 감수하고 뛰어든 용병 측에 우선권을 양보했다. 지금 엉클 조 컴퍼니의 전력으로는 정부에게 전적으로 맡겨야 하겠지만, 조금 덩치가 커지고 나면 거기서도 지분을 요청할 수가 있을 것이다.

조승현은 대원들을 불러 수현이 계획하고 있는 일에 관해 설명했다. 어떻게 위험하고, 성공했을 때 어떤 보상이 있는지. 그리고 불참해도 괜찮다고 말했다.

설명이 끝난 후, 엉클 조 컴퍼니 1팀은 전원 참가하기로 결정을 내렸다.

"카크리타 계곡? 너무 무모한 거 아니야? 다른 곳도 아니라 카크리타 계곡이라니. 제대로 설명해 준 거 맞나?"

"제대로 설명했습니다!"

"하긴, 이런 일 하면서 제대로 설명도 안 듣고 할 사람이 있을 리가……. 엉클 조 컴퍼니는 생긴 지 별로 안 된 회사였지? 거기 초능력자가 몇 명이었더라?"

"팀장이 치유 능력자인거 말고는 없는 걸로 알고 있습니다."

"그런데 카크리타 계곡을 도전하겠다고? 이거……. 우리가 받은 게 있으니까 말리기도 뭐한데, 괜히 죄책감 드는군. 받을 거 다 받아놓고 사람 사지로 밀어 넣는 기분이야."

개발계획국 국장, 이원재는 보고서를 보고서 혀를 찼다. 엉클 조 컴퍼니와 관련된 일은 이미 들어서 알고 있었다. 이번에 레드우드 숲의 테러에 관해서 혁혁한 공적을 세웠다고.

그런 이들이 요구하는 기회였기에 거절할 수는 없었지만, 아무리 생각해도 이건 이들이 할 만한 일이 아니었다.

"어쩔 수 없잖습니까. 그 사람들도 다 알아보고 신청을 한 건데요."

"그렇긴 하지."

아무리 위험하다고 말해도, 결국 선택하는 건 스스로의 몫이었다. 엉클 조 컴퍼니가 다른 보상을 거절하고 이걸 선택했으니 그들은 말릴 이유가 없었다.

"좋아. 허락하고 필요한 거 있으면 요청하라고 전해줘."

정부 측의 지원은 많은 것을 보장해 주었다. 가장 중요한 장점 중 하나는 파워 아머였다. 군용 파워 아머는 대부분의 경우 민간용보다 성능이 좋았으니까.

그렇지만 수현은 흑곰 같은 걸 요청할 생각은 조금도 없었다. 사실, 이번 일에서 파워 아머는 그다지 필요 없기도 했다.

어찌 됐든 정부와 같이 하는 일은 대체적으로 민간 회사가 스스로 하는 일보다 편했다. 대부분의 지원은 정부 쪽에서 처리를 해줬으니까.

조승현은 이번 일에서 수현이 원한다면 불법적인 무기도 조달해 올 자신이 있었다. 정부와 같이하는 일이긴 했지만,

정부도 이런 면에서는 눈을 감아주는 편이었다. 목숨을 걸고 하는 일인데 괜히 문제 삼아 봤자 좋을 게 없었기 때문이다.

그러나 수현이 요청한 건 하나였다.

"소금이랑…… 암염탄. 네가 갖고 와달라고 해서 갖고 왔지만 이게 뭐하는 건지 모르겠다. 정부 측에 요청해도 되잖아?"

"그래도 되긴 하는데, 괜히 정보를 공짜로 줄 필요는 없죠. 정부가 뒤통수를 쉽게 치진 않겠지만, 주의는 해둬야 하니까……."

그들이 카크리타 계곡으로 들어가서 그 안에 무엇이 있는지 밝혀내고 나면, 정부는 어떻게 그게 가능했는지 알아내려고 할 것이다.

물론 같이 일하는 이상 언젠가는 알려주게 될 거다. 다만, 괜히 노출해서 유리한 점을 줄 필요는 없었다.

"다른 건 정말로 필요 없어? 파워 아머라든가, 하다못해 폭발물이라도."

"이번에는 파워 아머도 두고 갈 겁니다."

"……?!"

"있어 봤자 별 쓸모도 없는 물건이거든요."

"너, 카크리타 계곡에 대해서 확신이 있는 거냐?"

"그러니까 이러는 거 아니겠습니까?"

조승현은 수현이 뭔가 알고 있다는 것을 확신했다. 그렇지 않다면 이런 태도는 설명되지 않았다. 정말로 신기한 놈이었다. 어떤 어린 시절을 보냈기에 이렇게 카메론 행성의 밝혀지지 않은 곳에 대해서 상세히 알고 있단 말인가?

"몇 번이고 말하는 거지만, 이미 같은 배를 탔으니 끝까지 믿어주시죠."

"지금도 충분히 그러고 있다. 안 믿으면 어떻게 이런 일을 응원해 주겠냐?"

수현은 그 말을 듣고 피식 웃었다.

1팀의 전원이 그를 믿고 따라온다고 했을 때는 조금 놀랐다. 위험성에 대해서 듣지 못한 게 아니었다. 듣고서도 수현이라면 분명 생각이 있어서 그러는 거라고 결정을 내린 것이다.

괜찮은 팀이었다. 개개인의 능력 면에서는 아직 부족한 점이 많았지만, 이렇게 믿고 따라와 주는 것도 찾기 힘든 재능이었다.

'그러면 그 믿음에 보답을 해줘야지.'

이번 일이 성공적으로 끝나면, 엉클 조 컴퍼니는 좋든 싫든 그 이름을 널리 알리게 되어 있었다. 정부 직속으로, 미해결 임무를 해결한다는 건 그 정도 무게가 있는 일이었다.

“들어서 알겠지만, 이번 일은 위험한 일이다.”

수현의 말에 대원들은 뻔한 이야기를 왜 다시 하냐는 듯이 그를 쳐다보았다.

“그렇지만 이건 이미 들어서 알고 있겠지. 그보다 더 솔직한 이야기를 하겠다. 여기 있는 사람들은 다 일확천금을 노리고 왔다. 그렇지?”

대답 대신 돌아온 건 무언의 끄덕임. 수현도 고개를 끄덕이고서 말을 이었다.

“아마 이번 일을 성공하면 그 일확천금을 얻을 수 있을 거다.”

“그게 얼마 정도입니까?”

“그거야 나도 모르지.”

사실 수현은 대략적으로 짐작을 하고 있었다. 그렇지만 여기서 그거까지 짐작하고 있다고는 말할 수 없었다.

“하지만 아무리 못해도……. 개인당 십억 이상은 떨어질 거다. 최소한으로 잡아도 말이야. 성공만 하면 그 정도는 무조건 들어온다.”

이런 일이 있을 때, 기본적으로 비율은 팀장과 초능력자에게 우선적으로 맞춰졌다.

그러나 엉클 조 컴퍼니는 수현을 제외하면 초능력자가 없었고, 거의 동등한 비율로 수익을 나눴다. 그렇기에 대원들에게 들어오는 돈은 상상을 초월했다.

"그 정도면 일확천금이라기에는 약간 부족할 수도 있겠지만, 충분히 만족하고 나갈 수 있을지도 모르지."

"무슨 소리를 하시는 겁니까?"

"이번 일이 끝나고 은퇴를 하고 싶은 놈이 있다면 배려해 주겠다는 뜻이다. 돈을 갖고 나가서 편안하게 사는 것도 나쁘지는 않잖아?"

원래라면 이런 일을 하는 건 초능력자들이었다. 멀리 갈 필요 없이, 진돗개 1팀만 봐도 답이 나왔다. 1팀은 어지간해서 초능력자가 아닌 인원을 팀에 넣지 않았다.

그런 초능력자가 이런 일을 하고 그만한 돈을 받는 건 이상한 일이 아니었다.

그러나 그들은 초능력자가 아니었다.

저번 일도 그랬지만 이번 일도 성공할 경우 그건 수현 덕분이었지, 그들의 능력 덕분이 아니었다. 그들은 그걸 모두 잘 알고 있었다.

"우리 중에서 인원이 빠지면 팀장님도 조금은 곤란하지 않겠습니까?"

"내가 그러면 이런 말을 꺼냈겠냐? 난 그렇게 이타적인 사람이 아니야. 인원이 빠져도 난 괜찮아. 새로 인원을 구하면 되니까.”

“난 끝까지 같이 갈 겁니다. 날 떼어놓을 수는 없을걸?”

“……?!”

“남자가 한 번 정했으면 끝까지 가야지. 한 번 성공했다고 해서 떨어져 나가는 게 어디 있어? 기껏 잡은 기회, 어디 한 번 대대손손 떵떵거릴 수 있도록 끝까지 가 봅시다.”

김창식은 수현을 보고 확신하고 있었다. 이놈은 진짜라고. 그런 놈을 만나서 기회를 잡았는데 조금 벌었다고 은퇴하는 건 그의 성질에 맞지 않았다. 갈 거라면 끝까지 가는 게 그였다.

게다가 그들은 전적으로 수현의 능력에 의존해서 여기까지 왔다. 이제 와서 받을 거 다 받았다고 도망친다면 너무 양심 없는 짓이었다.

그런 사람들이었다면 애초에 조승현이 고르지 않았을 것이다.

“저도 끝까지 같이 가겠습니다.”

“나도!”

수현은 웃었다. 정말로 괜찮은 팀이었다. 수현이 이런 질문을 던진 건 단순히 그들을 시험해 보기 위해서가 아니었다. 물론 그런 목적도 없잖아 있었지만, 이걸로 수현은 확신을 가질 수 있었다.

'확실해. 이 중에서도 초능력자가 몇 명은 있을 거다. 최소한 한두 명.'

예전부터 심증은 있었다. 미래에서 엉클 조 컴퍼니는 수현의 귀에 들릴 정도로 명성을 갖춘 회사였다. 거기에 조승현은 사람을 쉽게 버리고 가는 사람이 아니었다. 거기에 이들까지 이렇게 이탈하지 않는 충성심을 보여준다면?

그렇다면 이 멤버 중에서 그 명성의 원인이 된 멤버가 있다고 봐야 했다. 최소한 미래의 초능력자 한둘은 있을 것이다.

'이소희가 가장 수상하지.'

초능력자와 유전적 요인의 상관관계는 아직 밝혀지지 않았다. 그렇지만 아예 없다고 볼 수는 없었다. 게다가 이소희는 수현이 없었다면 원래 팀장 자리에 걸맞는 사람이었다.

이소희가 각성하고 한두 명 정도가 더 각성한다면, 위로 치고 오를 정도의 동력을 얻기에는 충분했다. 엉클 조 컴퍼니는 그렇게 성장했을 가능성이 컸다.

수현이 들어온 덕분에 전혀 다른 궤도를 걸어가게 됐지만, 사람은 그대로였다. 분명 적당한 상황만 갖춰진다면 각성을 할 것이다.

카크리타 계곡은 에우터프 지역에서 더 남쪽으로 내려가야 나오는 곳이었다. 비교적 개발이 끝난 에우터프 지역에서 더 밑으로 내려가려던 사람들을 막고 있는 곳이 바로 여기였다.

정부 측은 에우터프 지역을 통과할 때까지 그들을 안내해 주기로 했다. 에우터프 지역은 진돗개를 비롯해서 몇 개의 대형 용병 회사가 진출해 있는 곳이었다. 알려진 정보가 많았기에 이동 자체는 그렇게 어렵지 않았다.

"정말로 다른 지원은 필요 없습니까?"

"괜찮다고 말했잖습니까."

덜컹거리는 차 안에서, 개발계획국 정책과장 최현민이 다시 한번 확인하듯이 물었다. 정부 지원을 받으며 임무를 맡은 팀이 여기가 처음은 아니었지만, 이렇게 최소한의 지원만을 받는 팀은 처음이었다.

파워 아머도, 기타 군용 무기도 요청하지 않았다. 넉넉한 식량과 그걸 운반할 로봇 정도만 따로 요청했을 뿐. 역대급으로 간소한 준비였다.

'정말 괜찮은 거 맞나?'

최현민은 수현을 위아래로 훑어보았다. 이 팀을 맡고 있는 팀장이라고는 믿기지 않을 정도로 젊어 보였다. 치유 능력자라는 말은 들었지만, 치유 능력은 보조로 강력한 능력이지 그 자체로 강력한 능력은 아니지 않는가?

'또 실종되는 팀이 나오지 않았으면 좋겠는데.'

그도 사람이었다. 자신만만하게 들어간 팀이 연락 두절되는 걸 보기 좋아할 리 없었다. 최현민은 한숨을 쉬었다. 운이든, 뭐든 좋으니 이번에 들어가는 팀이 저 계곡의 잔혹사를 끊어줬으면 했다.

간소한 기지가 보였다. 에우터프 지역의 최남단에 위치한 기지였다. 차가 정차하자 안에서 그들을 알아보고 무장한 사람들이 걸어 나왔다.

"여기서부터는 직접 걸어가야 합니다. 정보는 다 확인하셨죠?"

"별거 없었지만, 확인은 했습니다."

그 말을 들은 최현민은 멋쩍어서 시선을 돌렸다. 도와줘야 할 입장에서 제공할 정보가 없다는 건 부끄러운 일이었다. 그렇지만 귀환한 팀이 없는데, 어떻게 정보를 제공한단 말인가?

"무운을 빌겠습니다. 성공 후 여기로 나오시면 됩니다. 도중에 만약 안 되겠다 싶으면 바로 후퇴하시는 것도 나쁜 선택은 아닙니다. 살아서 귀환하는 것도 의미가 있으니까요."

진심으로 하는 소리였다. 단순히 인도주의적인 배려가 아니라, 카크리타 계곡은 정보가 너무 부족했다.

실패해도 정보가 쌓이는 경우가 있었다. 실패한 팀이 돌아와서 정보를 제공하는 경우였다. 그런 면에서 카크리타 계곡은 아직도 정보가 없는 곳이었다.

“그러면…… 들어가자고.”

당당하게 걸음을 내딛는 수현과 대원들의 뒷모습을 보며, 최현민은 일이 잘 풀리기를 기도했다.

수현이 카크리타 계곡을 고른 데에는 몇 가지 이유가 있었다. 그중 가장 큰 이유는, 해결하기 쉽다는 점에 있었다.

실패한 이들과 관계자들이 듣는다면 무슨 헛소리냐고 고함을 지를 만한 이유였지만 수현에게는 정말로 그랬다.

카메론 행성에서 위험한 곳은 두 가지로 나뉘었다. 하나는 그곳에 대해 알아도 위험한 곳이었다. 강력한 몬스터는 정보와 상관없이 실수 하나가 목숨을 앗아갔다.

다른 하나는 그곳에 대해 알면 그다지 위험하지 않은 곳이었다. 카크리타 계곡은 전형적인 후자였다.

“자, 다들 샷건 들었나?”

"진짜 이걸로 끝입니까? 몬스터라도 나오면……."

수현에 대한 신뢰심은 확고했지만, 그래도 사람인 이상 불안함은 어떻게 할 수 있는 게 아니었다. 파워 아머도 없이 샷건만 달랑 들고서 들어가게 된 대원들은 불안한 기색으로 수현을 쳐다보았다.

"괜찮아. 이걸로 충분하니까."

"탄환이라도 좀 바꾸면 안 됩니까? 왜 하필 암염탄이에요?!"

현재 그들이 장전한 탄환은 소금으로 채워진 암염탄이었다. 당연히 실제 탄환보다 살상력이 떨어졌다.

"자. 그다음은 소금이다. 전신에 소금 뿌려."

"???"

"이것들이……. 내 말이 말 같지 않나? 안 들려?"

수현의 목소리 톤이 내려가자 대원들은 황급하게 정신을 차렸다. 수현이 평소에는 적당히 풀어주는 편이지만, 한 번 분위기를 잡으면 누구보다 무섭다는 걸 잘 알고 있었기 때문이었다.

그들은 한없이 멍청해지는 기분을 느끼며 소금을 몸에 뿌렸다.

'이게 뭐하는 짓이야?'

"왜 이러는지 물어봐도……. 안 되겠죠?"

"다 너희 잘되라고 뿌리는 거다. 빨리 뿌려."

카크리타 계곡에서 수많은 실종자가 나온 건, 이곳의 특성 때문이었다. 이곳은 유령 계열의 몬스터가 나오는 곳이었다.

유령 계열의 몬스터는 희소한 만큼 상대하기 까다로웠다. 가장 큰 문제점은 어지간한 물리 공격은 들어가지 않는다는 점에 있었다. 그나마 다행인 점은 유령 계열의 몬스터는 물리력이 약하다는 점이었지만, 특수 능력을 생각한다면 그런 건 그다지 문제가 되지 않았다.

이럴 때 역시 효과적인 데미지를 입히는 건 초능력이었다. 그렇지만 이곳에 있는 유령 계열의 몬스터 숫자는 상상을 초월했다. 초능력으로 싸워보겠다고 나서는 건 스스로에게 자신이 있는 초능력자가 빠지기 쉬운 함정이었다.

처음 몇 번은 손쉽게 격퇴하지만, 그 이후로는 소모가 심해져서 어쩔 수 없이 밀리다가 전멸.

여기서 가장 보기 쉬운 패턴이었다.

'약점을 노려야지.'

정답은 효율적으로 상대의 약점을 이용하는 것이었다. 이 지역 유령 몬스터들의 약점은 바로 소금이었다.

이 약점을 알아내기 위해서 얼마나 고생을 했는지. 수현은 고개를 절레절레 흔들었다.

"으스스한데. 이렇게 인기척이 없어도 되나?"

"없으면 좋은 거지. 쓸데없는 불평하지 말라고."

대원 둘이 떠드는 소리가 들렸다. 확실히 들어온 지 얼마나 됐다고, 주변에서는 으레 들려야 하는 잡음이 전혀 들리지 않았다. 마치 생명이라고는 하나도 없는 것처럼.

'일단은 유적지부터 찾아야겠지.'

카크리타 계곡을 깨는 방법은 간단했다. 지금이라도 돌아가서 놈들의 약점을 말해준다면 일은 손쉽게 진행이 될 것이다. 그렇지만 수현은 그러지 않았다. 여기를 고른 두 번째 이유 때문이었다.

유적지.

카크리타 계곡 안쪽에는 유적지가 있었다. 옛 이종족들이 만들어 놓은 유적지. 역사적이나 문화적인 가치도 있었지만, 수현이 그런 것 때문에 고생하는 사람은 아니었다.

유적지 안에는 아티팩트가 있었던 것이다.

아티팩트, 초능력이 내장되어 있는 도구. 워낙 희소성이 있는 물건이라 시장에 풀리면 기본적으로 몇억에서 몇십억대를 호가하는 물건이었다. 수현이 얻은 마도서도 아티팩트라고 볼 수 있었다. 그 성능은 일반적인 아티팩트와는 차원이 다른 수준이었지만.

보통 아티팩트에 내장되어 있는 초능력은 하나였고, 두 개 이상의 초능력이 내장되어 있는 아티팩트는 들어본 적도 없었다.

나중에 이 카크리타 계곡을 오가는 방법이 널리 퍼져서 사람들이 오게 되더라도, 그전에 아티팩트는 수현이 챙겨 둬야 했다. 현재 여기서 발견하는 것에 대한 우선권은 그가 가지고 있었으므로.

'그때 있었던 게 분명…… 번개 도끼였었나.'

"으아앗!"

"……!?"

생각에 잠겨 있던 수현은 뒤에서 터져 나온 비명에 깜짝 놀라서 돌아보았다.

"저, 저기! 저거 뭐야!"

조금 높은 지형에, 사람 한 명이 서 있었다. 무표정한 얼굴로, 창백하게 질려서 그들을 내려다보는 사람 하나.

별달리 위험해 보이지는 않았지만, 엉클 조 컴퍼니의 대원들은 정말로 놀랐다. 그도 그럴 것이, 지금 인기척도 없는 위험 지대에 사람이 한 명 서 있는 것이다.

"저거 누구야?!"

"소리 높이지 마라."

"……!"

"빙의 당한 놈이군."

"빙, 빙의요?"

"이 주변에 돌아다니는 몬스터한테 죽으면 저렇게 된다."

"……!"

수현은 이 주변에 돌아다니는 몬스터의 특성에 대해 설명하기 시작했다. 소름 끼치는 특성을 들은 대원들의 얼굴이 저 위에 있는 시체처럼 창백하게 질렸다.

"죽으면 저렇게 된다고……?"

"걱정 마. 예방책은 다 세워놨으니까."

"무슨 예방책 말입니까?"

"소금 있잖아."

"?!?!"

그제야 대원들은 그들에게 뿌려진 소금을 보고 놀랐다. 이게 정말로 대책이 된단 말인가?

"어지간한 놈들은 그것만으로도 접근하기를 꺼릴 거다. 그래도 접근하는 놈이 있으면 쏴버려. 암염탄을 맞으면 도망칠 거다."

"안 도망치면요?"

"그러면 싸워야지. 언제까지 날로 먹으려고?"

"……."

아무도 모르는 사실을 수현 혼자 알고 있는 건 이제 모두가 익숙해진 상황이었다. 그들은 더 이상 수현이 어떻게 알았는지를 궁금해하지 않았다. 그냥 하라는 대로 할 뿐.

'대체 저 인간은 저걸 어떻게 알고 있는 거야?'

"그러면 저건…… 어떻게 하죠?"

"내버려 둬. 가까이 오면 쏴도 되지만 굳이 저기에 있는 놈을 쏴서 맞출 필요는 없으니까."

한층 더 으스스한 기분을 느끼며, 대원들은 수현의 뒤를 따라 안으로 전진했다.

계곡 안으로 깊숙이 들어가자, 주변에 뿌린 소금만으로는 완전히 피해낼 수가 없었다. 슬슬 그걸 뚫고 다가오는 몬스터가 나타났다.

"아까와는 다른데?"

"여기 있는 놈들은 아까 마주친 놈보다는 강력하니까……."

수현은 먼저 총을 겨누고 발사했다. 아까 소금만 뿌리면 도망친 놈들은 약한 놈이다. 윤곽도 훨씬 더 흐리고, 소금만 보면 먼저 도망치는 놈들.

그러나 이 정도 들어오면 그렇게 편하게 갈 수는 없었다. 이 정도로 피한 것도 대단한 일이었다. 여기 있는 사람들은 알 수 없겠지만, 다른 팀은 여기까지 오려면 물량 공세로 밀려오는 몬스터한테 소모전을 펼치고 와야 했다.

“으. 정말 소름 끼치게 생겼는데…….”

여기 있는 유령 몬스터는 대부분 실제로 존재하는 생물을 닮은 모양새였다. 지금 나타난 몬스터는 말의 모양을 한 유령마였다. 수현의 공격을 시작으로, 대원들이 샷건을 갈겨 댔다.

한 대 맞을 때마다 신형이 요동치더니 유령마는 순식간에 절벽 위를 달려서 사라져 버렸다.

“여기 진짜 괜찮은데? 캘커타 정글 지대보다 낫지 않아?”

“소금만 잘 쓰면 정말로 그렇겠어.”

캘커타 정글 지대에서 화력을 퍼붓고 퍼부어야 쓰러지는 몬스터만 상대하다가 한 방에 도망치는 몬스터들을 상대하자 신선했다.

“헛소리하지 마라. 실종자가 괜히 나왔을 거 같나?”

대원들이 풀어진 것 같자 수현은 날카롭게 지적했다. 이들은 지금 그가 준 지식으로 이렇게 활약하고 있는 것이지, 만약의 사태라도 생긴다면 그대로 무너질 거다. 고삐를 조여 둘 필요가 있었다.

“팀장님.”

이소희가 작게 속삭였다.

“……?”

"아까 말한 게 사실이라면, 실종된 팀 중 살아 있는 팀이 있을 수도 있습니까?"

"그건……. 가능하긴 할 겁니다. 그건 왜 묻습니까?"

유령 계열 몬스터를 만만하게 보고 덤비면 순식간에 몰려드는 놈들한테 포위되겠지만, 적당한 순간에서 끊고 도망친다면 어느 정도는 버틸 수 있었다. 빠져나가는 건 무리라도. 실제로 이 계곡에서는 숨을 만한 곳이 꽤 있었으니까.

"가능하다면 실종된 팀을 찾아 구출하는 게 어떨까 싶어서 말씀드렸습니다."

수현은 의외의 말을 들었다는 표정을 지었다. 생각해 보지 못한 제안이었다. 실종된 팀의 구출이라니. 사실, 여기 들어오면서 실패한 이들에 대해서는 아무런 생각도 하지 않고 있었다. 어딘가에서 죽었을 거라고 생각하고 넘겼던 것이다.

"구출이요?"

"예. 아, 혹시 방해가 된다면……."

"아니, 아니. 어차피 이 주변에 다른 몬스터는 없으니 구출하는 거 자체는 문제가 없을 겁니다. 찾는 게 문제겠죠. 그나저나 감탄했습니다."

"……?"

"여기에 왔을 정도의 팀이라면 분명 어느 정도 이름이 알려진 팀일 거고, 그런 팀을 구해준다면 별로 어렵지 않게 막

대한 빚을 지워둘 수 있겠군요. 이런 건 제가 먼저 생각을 했어야 했는데."

"아, 아니요. 그런 의미에서 한 말이 아니라……."

이소희는 순수하게 인도주의적인 목적으로 한 말이었지만, 수현은 전혀 다르게 해석하고 있었다. 생각해 보니 이렇게 생색내기 좋은 기회도 없었던 것이다. 살아만 있다면 꺼내서 데리고 다니는 걸로 목숨을 구해줬다는 빚을 지울 수 있었다.

감탄하면서 고개를 끄덕이는 수현을 보며 이소희는 당황했다.

"앞으로도 그런 좋은 생각이 있으면 바로 말해주시죠."

"……."

이소희는 대답을 포기하고 고개를 숙였다. 수현이 저렇게 좋아하니 괜히 초를 치기도 뭐한 것이다.

'아직 살아 있는 놈들이 있을 수도 있어. 가능성은 낮은 편이 아니지.'

유적지와 아티팩트만 생각하고 있었는데, 운이 좋다면 의외의 성과를 추가로 거둘 수 있을지도 몰랐다. 수현은 어떤 식으로 생존자를 찾아낼지 고민하기 시작했다.

"팀장님, 우리 그런데 어디로 가는 겁니까?"

처음에는 기겁을 하던 대원들도 주변을 돌아다니는 흐릿

한 몬스터들에 적응을 한 것 같았다. 이제는 먼저 쏘지 않고 놈들이 어떻게 행동하는지 관찰하는 여유까지 부렸다.

"일단 야영지부터 만들어야지. 적당한 곳이 있다."

"……?"

이 주변에서는 야영지를 잡는 것도 보통 일이 아니었다. 소금을 대량으로 뿌려 둔다고 하지만, 그것만으로 안심하고 지낼 수는 없었다. 강력한 놈은 뿌려진 소금 정도는 무시하고 달려들 수 있다.

다행히 이 주변에는 아주 좋은 안전지대가 있었다. 수현은 계곡을 기어올라 옆으로 들어갔다. 튀어나온 흰색 돌을 보자 수현은 목적지를 찾았다고 확신했다.

천연 암염층. 그 자체로 주변의 몬스터를 막는 효과가 있었다. 이 계곡에서는 이렇게 몬스터들이 오지 못하는 곳이 몇 군데 있었다. 예전의 수현도 이걸로 이 몬스터들의 약점을 알아낼 수 있었다.

"오늘은 여기서 머무르고, 날이 밝는 대로 더 안쪽으로 이동한다."

여기서 더 안쪽으로 들어가면 동굴들이 나왔다. 입구부터 시작해서 복잡하게 얽힌 통로들. 그 구역만 뚫고 들어가면 유적지가 나왔다. 옛 이종족이 만들어 놓은 유적지.

"보고는 어떻게 하죠? 저번처럼?"

"3개월 지나도록 안 나오면 실패 가능성 높고, 6개월 지나도록 안 나오면 실패 확정이지. 인원 보면 기간을 좀 낮춰 잡아도 될 것 같은데."

계곡의 앞 기지에 있는 이들은 임무가 끝난 후 보고와 이동을 위해 대기하고 있는 이들이었다. 이미 다른 팀들의 실패를 본 적 있었기에, 그들은 이번 진입에도 회의적이었다.

"그렇게 실패했는데 아직도 인원을 보내다니. 높은 놈들 생각을 모르겠어."

'일주일 안에 깨고 밖으로 나온다.'

관계자들이 몇 개월 단위를 잡고 있는 것과 달리, 수현은 기간을 일주일로 잡고 있었다. 물자야 넉넉히 받아 뒀지만 그렇다고 넉넉하게 움직일 생각은 없었다.

이미 이 주변의 몬스터들과 지형은 다 알고 있었고, 어떻게 행동해야 하는지도 머릿속에 그려져 있었다. 시간 낭비할 이유가 없었다.

물론 다 알고 있더라도 천천히 하는 게 나쁘지는 않았다. 서두르는 것보다 여유를 두고 하는 게 더 안전하니까. 그렇지만 수현은 다른 생각을 하고 있었다.

'임팩트를 주려면 확실하게 줘야 해.'

미해결 난제를 깨는 것만으로 끝나는 게 아닌, 확실한 임팩트. 시간이다. 기록에 가까울 정도로 빨리 해결하고 나온다면 그 충격은 그대로 외경심으로 바뀌게 되어 있었다.

들어가고 나오는 데 각각 2일씩. 그리고 동굴 안에서 3일. 그 정도면 충분했다. 혹시 모를 생존자를 찾는 시간은 들어가고 나오는 데 넣어뒀다. 목적이 구출이 아닌 이상 찾을 때까지 버틸 생각은 없었다.

"여기서부터는 정말로 긴장해라. 저번처럼 농담하거나 그러는 놈이 있다면 내가 손수 정신을 차리게 해줄 테니까."

동굴 입구 앞에 서서 말을 늘어놓는 수현을 본 대원들이 긴장했다. 수현은 이런 말을 쉽게 하는 사람이 아니었다. 그가 이렇게 말한다면, 동굴 안은 정말로 긴장해야 한다는 뜻이었다.

"몇 가지 주의사항을 말해주겠다. 동굴 안에서 돌아다니는 놈들은 소금 좀 뿌린다고 도망치지 않는다. 벽에서 소리가 들린다? 쏴라. 옆의 동료가 갑자기 안 하던 짓을 한다? 쏴라. 그냥 뭔가 이상하다 싶으면 쏴라."

“옆의 놈도 쏴도 된다고요?”

“즉사시킬 정도만 아니면 된다. 수상한 짓을 하면 다리에 쏴버려. 내가 치료해 줄 테니까. 괜히 빙의 당해서 난장 피우는 것보단 낫다.”

그제야 대원들은 빙의를 떠올렸다. 생각만 해도 소름이 끼쳤다. 고르간은 중얼거리며 손가락으로 기호를 그렸다. 대원들은 고르간의 상태가 이상한 걸 깨닫고 물었다.

“너 괜찮냐? 설마 벌써…….”

“뭐? 야영지 안에서 바로 왔는데 어떻게 빙의를 당해?”

고르간을 조준하려고 하는 김동욱을 말리며, 수현은 어이가 없다는 듯이 물었다.

“무슨 일이야?”

“아, 아무것도 아닙니다.”

“아무것도 아닌 놈이 그렇게 질려 있지는 않지. 뭐야?”

“그…… 유령이 무서워서…….”

“…….”

대원들은 서로 시선을 교환했다. 물론 유령 계열 몬스터가 무섭지 않은 건 아니었지만, 고르간 같은 오크가 저렇게 겁을 먹었다는 건 의외였다.

생각해 보니 여기까지 이동할 때에도 뭔가 이상하긴 했다. 평소에도 말이 없어서 눈치채기 힘들었을 뿐.

수현은 괜한 위로를 해주지 않았다. 어린애도 아니고, 그런 위로로 넘어갈 때는 지난 지 오래였다. 게다가 두고 갈 수도 없었다. 오히려 그게 더 위험했다.

"유령이 무섭냐?"

고르간은 굴욕적인 표정으로 고개를 끄덕였다.

"그러면 간단해. 유령이 널 공격하기 전에 먼저 죽여라."

그 말을 들은 대원들은 무슨 헛소리를 하냐는 듯이 수현을 쳐다보았다. 그러나 수현은 진지했다.

"몇 놈 제대로 죽이다 보면 유령이란 생각은 사라지게 될 거다. 결국 몬스터에 불과해. 조금 특이하고 조금 귀찮은 놈일 뿐이지."

고르간은 굳은 얼굴로 이를 악물었다.

"이제 좀 들어갈 각오가 섰나?"

"예."

"좋아. 그러면 안으로 들어간다!"

to be continued

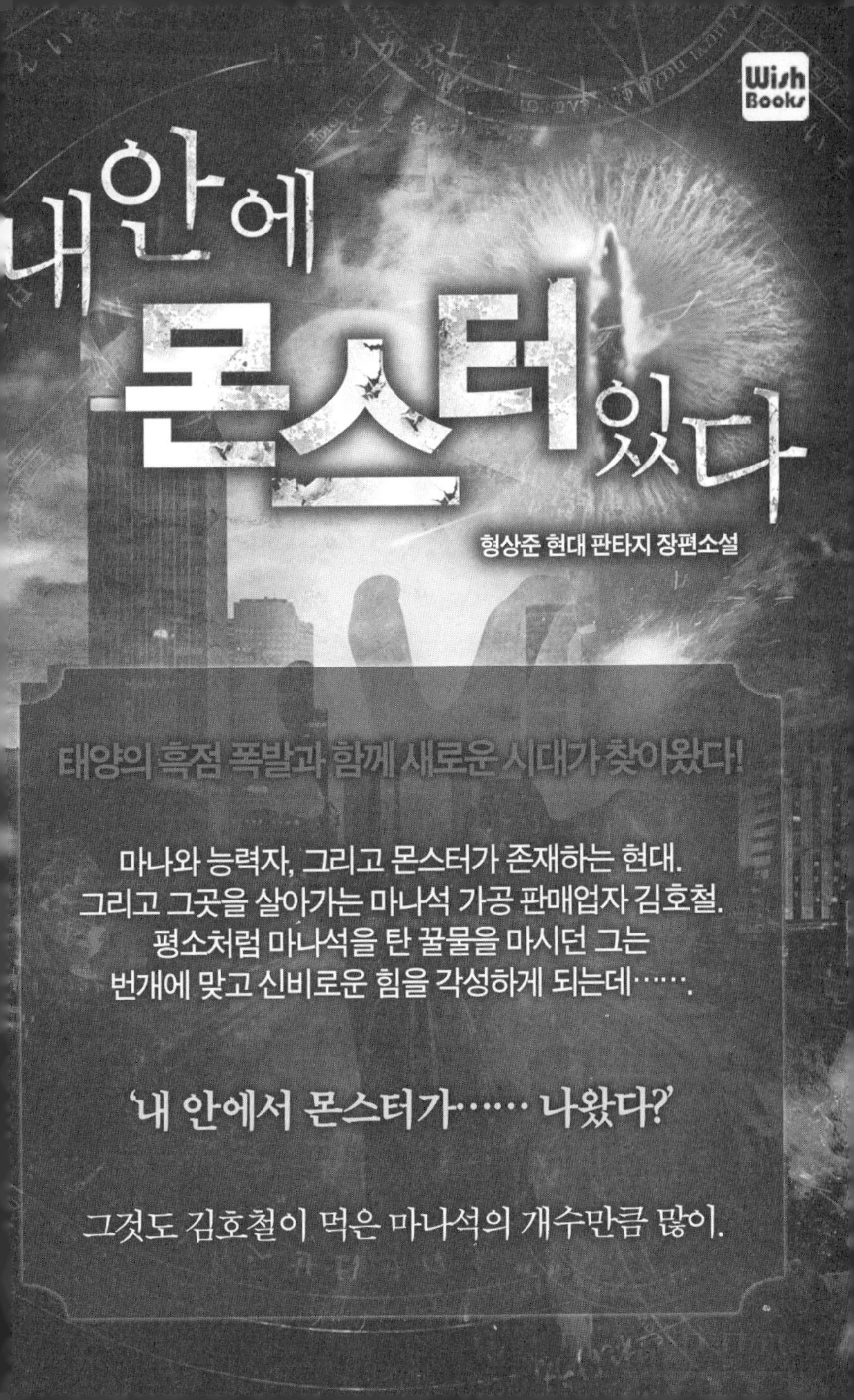
Wish Books
내 안에 몬스터 있다
형상준 현대 판타지 장편소설
태양의 흑점 폭발과 함께 새로운 시대가 찾아왔다!
마나와 능력자, 그리고 몬스터가 존재하는 현대.
그리고 그곳을 살아가는 마나석 가공 판매업자 김호철.
평소처럼 마나석을 탄 꿀물을 마시던 그는
번개에 맞고 신비로운 힘을 각성하게 되는데…….
'내 안에서 몬스터가…… 나왔다?'
그것도 김호철이 먹은 마나석의 개수만큼 많이.

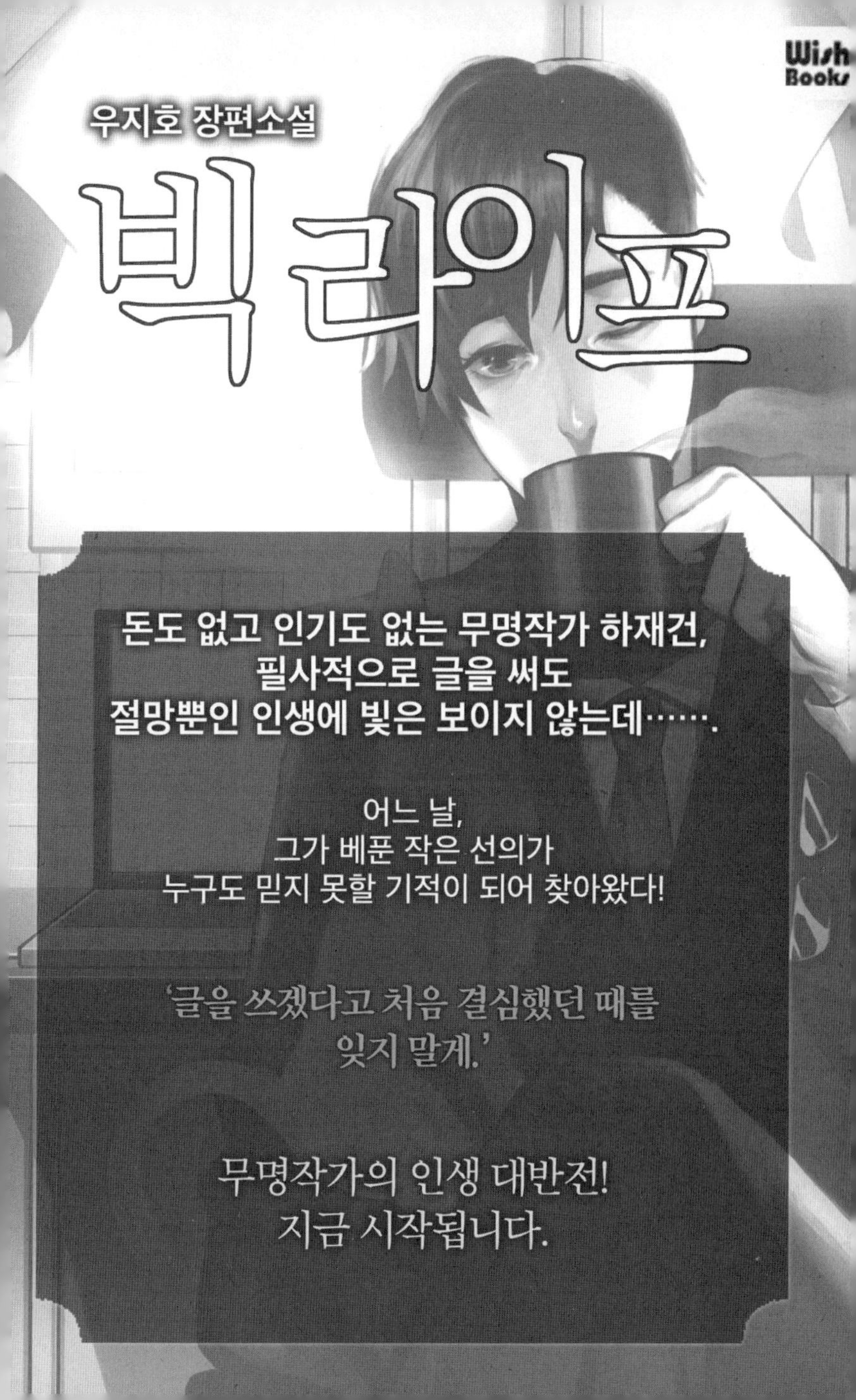
Wish Books
우지호 장편소설
빅라이프
돈도 없고 인기도 없는 무명작가 하재건,
필사적으로 글을 써도
절망뿐인 인생에 빛은 보이지 않는데…….
어느 날,
그가 베푼 작은 선의가
누구도 믿지 못할 기적이 되어 찾아왔다!
'글을 쓰겠다고 처음 결심했던 때를
잊지 말게.'
무명작가의 인생 대반전!
지금 시작됩니다.

반자개 장편 소설

WISHBOOKS MODERN FANTASY STORY

건축의 신

누구도 내딛어 보지 못한

그 한 걸음을 내딛는 자!

평범한 가구 회사에 다니던 성훈
그러던 어느 날,
사고로 인해 20년 전으로 돌아왔다!

다시 시작하는 삶.
절대로 헛되이 보내지 않겠다!

세계 최고의 건축가가 되기 위한
성훈의 활약이 펼쳐진다!

Wis Book